KB053494

한반도 사랑

한강기맥 이야기

산에서 만난 세상

한강기맥 이야기

인 쇄 ı 2015년 11월 02일
발 행 ı 2015년 11월 16일

지 은 이 ı 유상식
펴 낸 이 ı 노용제

펴 낸 곳 ı 정은출판
주 소 ı (04558) 서울시 중구 창경궁로 1길 29 (3F)
전 화 ı 02-2272-9280
팩 스 ı 02-2277-1350
출판등록 ı 제2-4053호(2004. 10. 27)
이 메 일 ı rossjw@hanmail.net

정 가 ı 15,000원
I S B N ı 978-89-5824-286-4 (03810)

한반도 사랑

한강기맥 이야기

산에서 만난 세상

글 · 사진 유 상 식

정은출판

백두대간두로령
위도 37° 48′ 38.9″
경도 128° 34′ 20.5″

한강기맥 종주를 끝내고

을미년을 맞으며 한 해를 구상하면서, 두 강을 가르고 다시 만나게 하는 산맥에 관심이 모아졌다.

한강은 한반도 중허리를 두 갈래로 흐르다가 한 물로 만나 서울을 관통하여 서해로 빠진다. 북한강과 남한강이 두물머리에서 만나, 큰 한강이 된다. 한강은 한반도 허리를 흐르면서 대한민국의 중심축이 되고 있다. 총 인구의 절반 이상이 한강과 더불어 생활하고 있다.

산맥이 한강 물을 가르고 갈라섰던 한강 물을 다시 만나게 하는 한강기맥이 매력으로 다가왔다.

산타기를 좋아하다 보면 능선 산줄기에 굉장한 관심을 갖는다. 산천지인 한반도 어디를 가나 첩첩 산세가 호기심과 유혹으로 마음을 설레게 한다. 이번에는 어느 산을, 이번 주에는 어디 있는 산을, 이

달에는, 금년에는 어느 산맥을 하고 마음을 다잡으면 가슴이 뜨거워진다.

그럴 때면 한반도 지도를 펼쳐보면서 여기저기를 짚어본다. 참 행복한 시간이다. 누구의 간섭도 받지 않고 내 뜻대로 계획하고 결정할 수 있어서 여간 즐겁지가 않다.

서울에서 비교적 접근이 용이한 한강기맥이 나를 부추겼다. 거대한 오대산에서부터 연이어진 능선을 타고 내려와 두 한강물이 만나는 현장을 본다는 상상만으로도 온몸이 달아올랐다. '시작하지 않으면 아무것도 이룰 수 없다'는 다짐이 이 한 해의 행복한 삶의 화두가 되었다.

전연 생소한 산맥 길이라서 무척 망설여지고 염려가 되었지만, 한편으로 산천의 경이로운 경관을 만날 수 있다는 기대감이 나를 잡아끌었다.

이번 산행은 늘 가슴에 담고 있는 '한반도 사랑'의 한 축으로, 자연의 아름다움을 마주하고, 헐거워진 심신에 활력을 충전시키는 데 마음을 모았다.

무사히 종주 산행을 마무리했다.

산은 가서 보아야 제맛이다.
순수하고 짜릿한 느낌과 놀라움의 연속이다.
자연은 인간의 손이 닿지 않는 한, 질서와 조화와 아름다움의 극치다.

산행하는 동안만은 나도 산을 닮아간다.

산행을 하면서 자연에 심취하기도 하고, 지나온 세월과 살고 있는 지금의 또 다른 나를 만나 보기도 했다. 보람과 아쉬움이 반복되면서 자위도 하고 반성도 되었다.

한강기맥을 종주하면서 보고 느낀 것들을 정리하여, 그간 산행에 성원과 관심을 보내준 여러분들에게 고마움을 담았다.
산행 날이면 단잠을 설치면서 다소곳이 새벽밥을 지어준 평생 반려자인 아내와, 종주 내내 힘을 실어 준 초원산문화포럼 김숙주 고문님에게 감사함을 전한다.

2015년 11월

한당서재에서 유상식

<글 순서>

제1부 : 한강기맥 이야기

제2부 : 구간별 산행 이야기

제4부 : 산길서 만난 세상 이야기

<제1부>

한강기맥 이야기

한강기맥은

한반도 중허리를 흘러내려

우리 민족의 영원한 생명의 젖줄인

한강의 엄마 품이다

한강은 한반도 번영의 영원한 젖줄

한반도 남한 땅에는 5대강이 있다.

한강, 낙동강, 금강, 영산강, 섬진강이 있어 5천만이 넘는 인구의 생명줄이다. 농사와 식수, 생활용수의 원천이고, 산업 발전에 절대적인 도움을 주고 있다.

그 중에서도 한강은 한반도의 중심에서 역사와 함께하면서 유역의 2,500여만 명의 삶을 지탱해 주고 있는 중요한 자연자원이다.

'강물이 있어 행복하다'는 생각을 별로 하지 않다가, 한강기맥 산행을 하면서 한강을 챙겨보는 계기를 가졌다.

산이 많은 한반도에서는 산이 물줄기의 발원지가 되어 강을 만든다. 한강은 백두대간을 병풍 산맥으로 하여 한북정맥과 한남정맥이 물길을 유도하여 이루어진 강이다.

두 정맥 중간에 한강기맥(오대산 두로봉에서 양평 두물머리까지)이 있어 골짜기 물을 남북으로 갈라 모아 북한강과 남한강을 만들어 두물머리에서 합류하여 한 물줄기로 큰 강이 되어 역사와 문화와 생활이 어우러져 흐르고 있다.

북한강은 소양강과 홍천강 물을 모아 흐르고, 남한강은 평창강과 섬강 물을 모아 한강기맥을 사이에 두고 산맥이 물을 가르고 V자로 흐르다가 두물머리에서 Y자로 서로 만나 한강을 만들어 서해로 빠진다.

강을 포함한 하천은 현재 3등급으로 분류하여 관리하고 있다.

- '국가하천'은 국토보전 상 또는 국민경제 상 중요한 하천으로 국가가 관리하는 하천을 말한다.
- '지방1급하천'은 지방의 공공이익에 밀접한 관계가 있는 하천으로 광역자치단체장이 관리하는 하천이다.
- '지방2급하천'은 국가하천 또는 지방1급하천에 유입하거나 이로부터 분기되는 지류로서 국가하천 또는 지방1급하천에 준하여 시·도지사가 관리하는 하천이다.

한강은 그 유래가 복잡하다.

역사적인 개념, 법률적인 개념, 현실적인 개념이 뒤섞여 사용되고 있다.

역사적으로 옛적에는 한강이 한반도의 허리 부분을 흐르고 있다고 해서 대수帶水로 불렸고, 고구려 때는 아리수阿利水로, 백제시대에는 욱리하郁里河 또는 한수漢水로 불리어졌다. 신라시대에는 상류를 이하泥河, 하류를 왕봉하王逢河라 불렀다.

고려 때에는 강 물줄기가 길다고 해서 열수列水라 했다.

조선시대에는 한양 부근 한강을 경강京江이라 불렀다. 경강 중에서 동쪽인 중랑천과 한강이 만나는 일대를 동호東湖로, 용산 앞을 남호南湖, 용호龍湖 또는 용산강龍山江으로, 마포 앞을 서호西湖 또는 서강西江이라 불렀다.

한강은 백제가 중국 동진과 교류하면서 중국식으로 한수漢水로 호칭하다가, 언제부터인가 큰 강이라는 뜻으로 한강漢江으로 불리어졌다고 한다. 순수 우리말로 풀이하면 넓고 큰 강의 뜻으로 '한가람'이 한자로 한강漢江으로 된 듯하다.

역사적으로 한강은 어디서 어디까지인지 구분이 확실하지 않다. 수계관리가 제대로 되지 않던 시절에는 남한강과 북한강 개념도 없었다.

현재는 편의상 북한강, 남한강, 한강으로 구분하여 호칭되고 있다.

북한강은 금강산 줄기에서 물이 흘러, 소양강昭陽江 물을 모으고, 다시 홍천강洪川江 물을 받아 양평 양수리에서 남한강을 만난다.

북한강에는 현재 여섯 개의 댐(평화의 댐, 화천댐, 춘천댐, 소양강댐, 의암댐, 청평댐)이, 남한강에는 충주댐이, 한강에는 팔당댐이 담수호를 만들어 거대한 수자원을 담고 있다. 이들 댐이 엄청난 물을 가두고 용도에 따라 강변 일대의 농업용수, 공업용수, 식수, 부분적인 수력발전으로, 한강이 관통하는 강원, 경기, 서울, 인천 지역의 주민들에게 삶의 든든한 젖줄이 되고 있다.

남한강은 강원도 태백 금대봉1408m 산줄기 검룡소에서 물이 흘러, 정선에서 조양강을 이루고, 지장천을 만나면서 동강東江으로 분류되다가, 영월에서 평창강平昌江(일명 서강西江)을 만나면서 남한강南漢江이 시작된다.

남한강 물은 단양, 제천을 거쳐 충주에서 충주댐을 이루고, 경기 여주 점동 삼합에서 섬강蟾江 물을 받아 두물머리(양수리)에서 북한강北漢江과 합류한다.

남한강에는 4대강 개발이 되면서 강천보와 여주보가 만들어져 한강 수계를 조절하고 있다.

두물머리에서 만난 북한강과 남한강 물이 한강이 되면서 팔당댐에서 한숨 돌려 서울을 관통하여 김포, 강화 땅을 거쳐 서해로 흘러든다.

현재 시중에 나도는 지도책을 보면 한강 한 물줄기를 조양강, 동강, 남한강, 한강으로 표기하고 있는 경우를 본다. 그만한 이유가 있겠지만 혼란스러운 것은 사실이다. 국내 어느 강을 살펴보아도 한 물줄기에 몇 개의 강으로 구분되어 호칭되는 곳은 없다. 국토의 현재 지명은 전통과 관행보다는 일관성 있게 하나로 통일되어야 한다.

한강은 현재 살고 있는 우리와 자손만대에 축복이다.

* 전체 한강에 설치된 댐 현황

댐명칭	댐높이m	댐길이m	최대저수량t
. 화천	81.5	435	10억 8,000만
. 춘천	40	453	1억 5,000만
. 소양	123	580	29억
. 의암	23	273	8,000만
. 청평	31	407	1억 8,000만
. 충주	97.5	447	27억 5,000만
. 팔당	29	575	2억 4,400만

한강기맥 이야기

한강기맥의 명칭은 최근에 발간된 '신 산경표'에서 명명된 산줄기다.

그 이전에는 조선시대 신경준이 정리한 '산경표'가 한반도 산맥 분류의 교과서처럼 되고 있었다.

산경표에 의하면 한반도 산줄기는 1대간(백두대간), 1정간(장백정간), 13정맥(낙남정맥, 청북정맥, 청남정맥, 해서정맥, 임진북예성남정맥, 한북정맥, 낙동정맥, 한남금북정맥, 한남정맥, 금북정맥, 금남호남정맥, 금남정맥, 호남정맥)으로 분류하고 있다.

기타 산줄기는 별도의 명칭이 없고 갈림 산세와 위치만 명시되고 있다.

산경표가 어떤 계기로 무엇을 근거로 작성되었는지는 전연 알 길이 없다.

산경표 자체도 존재조차 모르다가 고지도 연구가가 고서점에서 우연히 발견하게 되었는데 그마저 원본이 아니고 '조선광문회'가 소장한 장서를 사본으로 발간한 것이었다.

산경표는 그나마도 한반도 산줄기를 이해하는데 결정적인 자료가 되었고, 산맥 등반의 길을 트게 한 중요한 정보를 제공해 주었다.

산행 인구가 많아지면서 산맥산행의 애호가들은 산맥정보가 부족한 것에 늘 목말라 있었다.

그러던 중에 기존 '산경표'를 바탕으로, 한 개인의 열성적인 산행 탐사와 연구 정리로 한반도 산줄기의 분류와 명칭을 제시한 획기적인 '신 산경표'가 발간되어 산행자들의 관심을 불러 모았다.

한 개인이 일관된 지침과 소신을 가지고 국토 산맥의 명칭을 정한 것은 그 나름대로 의미는 있다.

하지만 국토 지리의 고유명사는 한 개인이나 단체가 제시하는 것으로 단정 지을 수는 없다.

국토지리정보원을 중심으로 관련 있는 각계가 동참이 되어 객관적인 검정을 거쳐 일관성이 있고 통일된 한반도 지리 명칭이 명명되어야 한다.

'신 산경표'에서 기맥으로 정의한 기준은 '산경표'에서 정한 백두대간 또는 정맥에서 분기하는 산줄기로서 길이가 100㎞ 이상이 되는 것으로 명명했다.

따라서 '한강기맥'은 백두대간 두로봉에서 분기되는 산줄기가 167㎞를 이어주고 있어 기맥으로 되었다. 명칭에서 한강을 사용한 것은 이 산맥이 한강을 따르고 있기 때문에 한강기맥으로 명명했다고 한다.

사실 한강기맥은 한강을 따라서 산줄기가 뻗은 것이 아니다. 소양강, 홍천강, 평창강, 섬강을 들러리로 하고 뻗어 내리다가 네 개 강물이 북한강과 남한강에 흘러들면서 북한강과 남한강을 나누고 있다. 산맥이 끝나는 두물머리에서 두 강물이 만나고, 한강이 된다.

따지고 보면 한강기맥漢江岐脈은 한강분맥漢江分脈이 더 적절한 명칭일 듯하다.

현재의 한강기맥은 백두대간 오대산 두로봉을 기점으로 상왕봉, 비로봉, 호령봉을 거쳐 계방산, 운두령, 보래봉, 불발현, 청량봉, 장곡령, 구목령, 덕고산, 운무산, 수리봉, 대학산, 덕구산, 응곡산, 만대산, 오음산, 금물산, 시루봉, 갈기산을 지나 신당고개, 통골고개, 밭배고개, 송이재봉, 비솔고개, 싸리봉, 용문산, 유명산, 소구니산, 옥산, 청계산, 벗고개 능선 따라 양수역을 지나서 세미원 끝자락이 북한강과 남한강이 만나는 두물머리까지이다.

현재 양수역 주변과 두물머리 일대는 개발로 인해 산맥의 흔적을 찾아볼 수가 없다. 이 구간을 산행하는 경우에는 산행지도와 선행자의 기록물을 참작하여야 할 것이다.

'신 산경표'에서는 한강기맥이 끝나는 지점을, 벗고개를 지나 노적봉을 거쳐 북한강에 닿는 곳으로 했다.

한강기맥이 끝나는 지점을 어디로 하는 것이 타당한지는 객관적인 검정이 필요한 대목이다.

한강기맥 산줄기 흐름

한강기맥 개념도

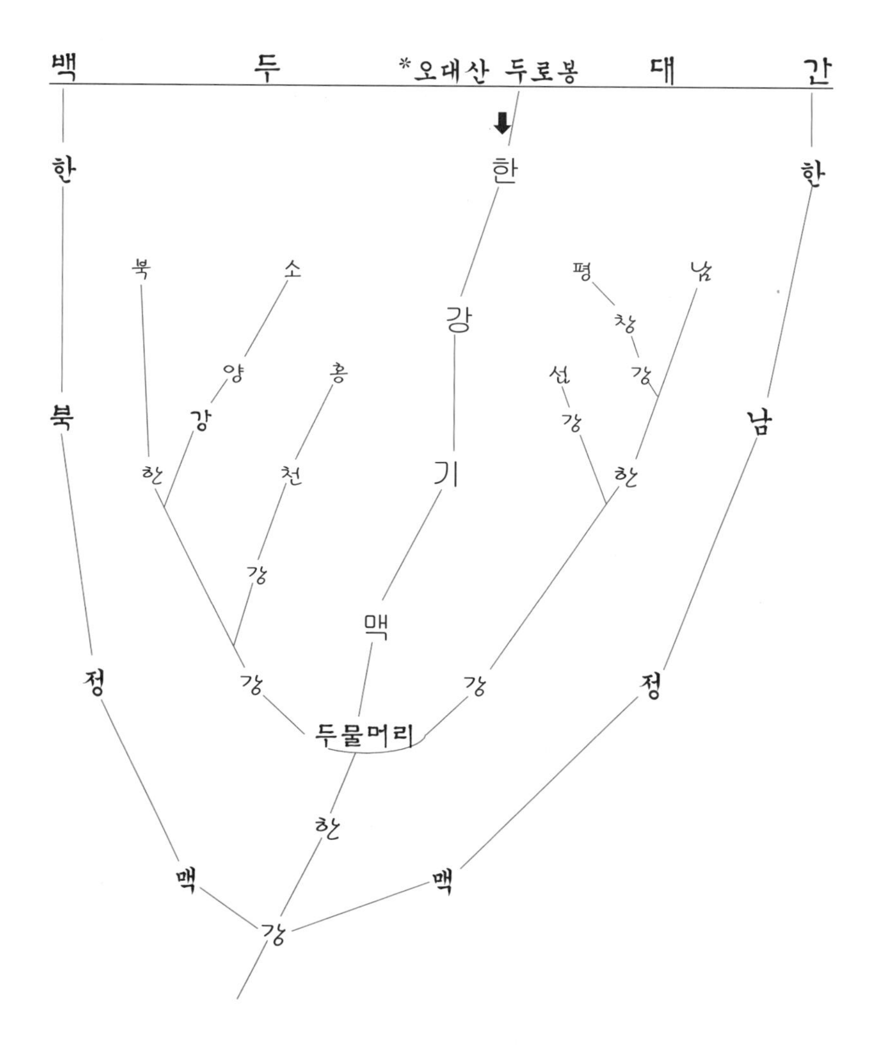

한강기맥 능선 연결

* 두물머리<양수리>
*벗고개
*송골고개
▲청계산658.4m
*농다치고개
▲소구니산798m
▲유명산862m
▲대부산743.5m
*배너머고개
▲용문산1157m
*문례재
▲도일봉864m
*비솔고개
*발배고개
*통골고개
*새나무고개
*신당고개 ←

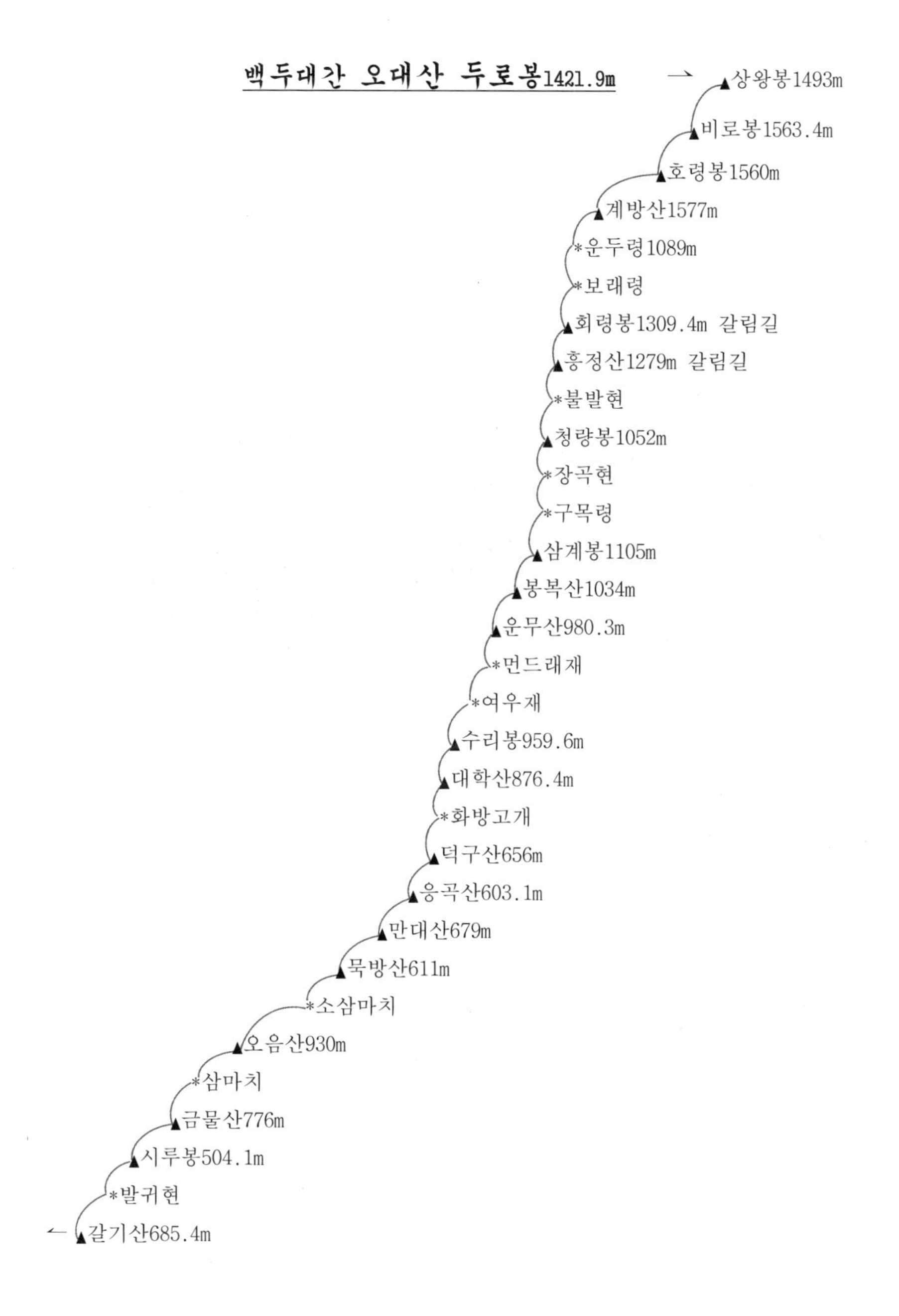
백두대간 오대산 두로봉1421.9m
상왕봉1493m
비로봉1563.4m
호령봉1560m
계방산1577m
*운두령1089m
*보래령
회령봉1309.4m 갈림길
흥정산1279m 갈림길
*불발현
청량봉1052m
*장곡현
*구목령
삼계봉1105m
봉복산1034m
운무산980.3m
*먼드래재
*여우재
수리봉959.6m
대학산876.4m
*화방고개
덕구산656m
응곡산603.1m
만대산679m
묵방산611m
*소삼마치
오음산930m
*삼마치
금물산776m
시루봉504.1m
*발귀현
갈기산685.4m

한강기맥 주요 산

· 두로봉頭老峰 1421.9m

백두산에서 지리산까지 뻗어 내린 백두대간 대열에 서있는 산봉으로, 오대산 5봉 중 하나다. 오대산 최고봉(비로봉 1563.4m)은 두로봉에서 뻗어 나와 백두대간 마루금에서 벗어나 있어서 두로봉이 오대산 역할을 맡고 있다.

멀리서 보면 산봉우리가 노인의 두상 같다 하여 두로봉이라고 한다.

· 오대산五臺山(비로봉) 1563.4m

오대산은 강원도 평창군 진부면과 홍천군 내면, 강릉시 연곡면에 접해 있는 산이다.

오대산 이름의 유래는 한강기맥의 시발점인 두로봉1421.9m을 위시하여 상왕봉1493m, 비로봉1563.4m, 호령봉1560m 그리고 백두대간을 이어주는 동대산1434m 등 5개의 봉우리로 둘러쳐진 모습이 마치 연꽃잎을 바치고 있는 형상이라 하여 산명이 지어졌다고도 한다.

다섯 봉우리 중에서 제일 높은 비로봉을 오대산으로 표기하고 있다.

한반도 산맥 족보의 원조 격인 '산경표'(조선 영조 때 실학자 신경준 1712-1781 편집)에는 백두대간 상 오대산을 일명 청량산淸凉山이라고 적고 있다.

산의 규모가 크고 웅장하지만 산세가 깊고 부드러운 육산이다. 봄이면 갖가지 약초와 야생화가 온 산을 뒤덮고, 여름이면 하늘을 가린 울창한 녹음과 계곡 물이 어울려 절경을 이루고, 가을이면 온 산이 오색으로 단풍 물결이 장관이다. 겨울이면 고산준령에 하얀 눈꽃이 피어 환상적이다. 4계절이 언제나 다 좋은 산이다.

1975년 국내 11번째 국립공원으로 지정되었다.

오대산에는 부처님의 진신사리를 모신 적멸보궁이 있고, 월정사를 중심으로 문화재와 고적이 많은 한국 불교 성지이기도 하다.

· 계방산桂芳山 1577m

강원도 홍천군 내면과 평창군 진부면 경계 산이다.

남한에서 다섯 번째로 높다.

(1) 한라산 1950m (2) 지리산 1915m (3) 설악산 1708m (4) 덕유산 1614m

비교적 기온이 낮은 지역이어서 3월이 되어도 눈이 쌓여 봄 속의 겨울을 느낄 수 있다. 웅장한 산세에다 자연 생태계가 잘 보존되고 있어 산나물과 약초가 풍부하다. 계방산 품속에는 약효가 탁월한 '방아다리약수터'가 있고, 반공의 산실인 '이승복 생가'가 있어 많은 사람들이 일 년 내내 즐겨 찾고 있다.

계방산에는 현재 칡이 자생하지 않는다고 한다.

전설에 의하면 계방산 산신령이 말을 타고 달리던 중 칡넝쿨에 걸려 넘어져 화가 나서 부적을 써서 이 산에 던진 이후부터 칡이 없어졌다고 한다.

· 운무산雲霧山 980.3m

강원도 평창군 서석면과 횡성군 청일면 경계 산이다.

암봉과 암릉이 많고, 각기 바위들이 온갖 형상을 연상케 하고 있어 시선을 모은다.

연중 산 주변에 운해가 많이 끼어 산세가 마치 구름에 둘러싸인 듯하다 하여 운무산이라 이름 지어졌다고 한다.

· 대학산大學山 876.4m

강원도 홍천군 동면에 있는 산이다.

대학산 주변에는 임도가 개설되어 있다.

산 이름에 흥미를 가진 사람들이 '대학 입학시험에 합격하려면 대학산 정상을 등반하면 된다'는 생뚱한 말을 하기도 한다.

산세가 험하고 접근하기가 까다로워 보통의 인내와 노력이 아니면 대학산을 오르지 못하기 때문에 대학산을 오르는 인내와 노력이면 대학 입시를 통과할 수 있다는 의미가 담겨 있을 듯하다.

유교의 경전인 '대학大學'은 사서 중 하나로 학문을 상징하고 있어 산 아래 마을에 학식이 고매한 선비가 살고 있었던 연유가 아닌가 싶다.

· 덕구산德丘山 656m

강원도 홍천군 동면에 있는 산이다.

· 응곡산鷹谷山 603.1m

강원도 홍천군 동면에 있는 산이다.

· 만대산萬垈山 679m

강원도 홍천군 동면과 횡성군 공근면 경계 산이다.

만대는 1만 가구가 살 수 있는 땅이 있다 하여, 그 터전은 천혜의 자연미가 살아 숨 쉬는 고장으로, 그 뒤를 감싸고 있는 산릉을 만대산이라 이름 지었다고 한다.

· 오음산五音山 930m

강원도 홍천군 동면과 횡성군 공근면 경계 산이다.

옛 산의 모습을 간직한 운치 있는 산으로 노송, 싸리나무, 억새, 진달래 군락지가 일품이다. 급경사 암릉도 있다.

오음산 유래가 담긴 전설도 전해진다.

이곳 산골마을에 다섯 장수가 태어날 징조가 있다는 소문이 떠돌자 '장수가 나면 재앙을 입는다'는 속설에 불안을 느낀 주민들이 장수가 나지 못하게 산등성이에 구리를 녹여 붓고 쇠창을 꽂아 버렸다. 산 기운이 끊어진 그곳에서 검붉은 피가 솟구쳐 오르며 다섯 가지의 울음소리가 사흘 밤낮을 계속되다가 주인 없는 백마 세 마리가 홀연히 나타나 어디론가 사라졌다는 전설에, 오음산 이름이 생겼다고 한다.

• 금물산今勿山 776m

강원도 홍천군 남면, 횡성군 서원면과 경기도 양평군 청운면 경계 산이다. 정상은 사방이 트여 전망이 좋다.

• 갈기산葛基山 685.4m

강원도 홍천군 남면과 경기도 양평군 청운면의 경계 산이다. 암봉이고 사면이 가파르다. 옛 기록에는 감물악甘勿岳이라고 했다. 조선 말기에는 부동산不動産이라고 했다고 한다. 부동산不動山도 아니고 그 연유가 궁금하다.

언제부터인가 칡이 흔한 산이라서 현재의 산 이름으로 바뀌었다고도 한다. '기'는 한자로 '起'로 표기하기도 했다. 산 이름이 이랬다저랬다 하는 것을 보면 사연이 많기는 한 모양이다.

칡은 가난한 시절에 산골 사람들에게 구황식품이었고, 지금도 건강식품으로 애용되고 있다.

정상과 주변 곳곳에 바위가 울뚝불뚝하여 산행에 묘미가 있고, 약간의 스릴감도 있다. 뾰쪽하게 솟은 정상에 서면 전망이 일품이다.

· 용문산龍門山 1157m

경기도 양평군 옥천면과 용문면의 경계 산이다.

산림청에서 선정한 한국 100대 명산 중 59번째 산이다.

선정 사유는 산세가 웅장하고, 험난한 바위산이 장관을 이룬다는 것이다.

용문산의 옛 이름은 미지산彌智山이다.

미지는 미리彌里의 옛말로, 미리가 경상도, 제주도에서 용龍의 방언이고 보면 용과 관련이 있다.

'신증동국여지승람'에도 '용문사가 미지산에 있다. 산을 용문이라 일컫는 것은 이 절 때문이다'라고 기록되어 있다.

일설에는 태조가 조선 개국 시 미지산을 용문산(용이 드나드는 산)으로 개명을 했다고도 한다.

경기도에서 네 번째 높은 산이다.

(1) 화악산 1468.3m (2) 명지산 1267m (3) 국망봉 1168m

용문산 남동쪽 기슭에 용문사가 있고, 사찰 정면에 천연 기념물 30호로 지정된 동양 최대의 은행나무가 더 유명하다. 조선 세종 때에는 정3품의 벼슬인 당상 직첩을 하사받기도 했다.

· 수령 : 1,100년 / 밑둥 둘레 : 14m / 높이 : 62m

이 은행나무가 심어진 유래도 여럿 전한다.

신라 마지막 왕인 경순왕이 그의 스승인 대경대사를 찾아와서 심었다는 설, 마의태자가 나라를 잃은 설움을 안고 금강산으로 가던 도중에 심었다는 설, 신라 고승인 의상대사가 짚고 다니던 지팡이를 꽂아 놓은 것이 살아났다는 설 등이다.

어떻든 1,000년을 넘게 생존해 있는 그 자태가 경이롭다.

혹시나 낙뢰 피해를 당하지 않게 하기 위해 은행나무보다 높게 설치해 놓은 피뢰침 시설이 이색적이다.

· 유명산有名山 862m

경기도 가평군 설악면과 양평군 옥천면의 경계 산이다.

남한 인기 100대 명산 중 66번째다.

능선이 완만하고 부드러우며, 수량이 풍부한 계곡과 기암괴석, 울창한 숲이 어우러져 경관이 아름답다.

본래 산명은 이 일대에서 말을 많이 길렀다 하여 마유산馬遊山이라 했는데, 1973년 국토자오선 산행 팀이 이곳을 지나다 산 이름을 몰라 하다가, 일행 중 홍일점이던 진유명의 이름을 따서 유명산으로 부른데서 유래가 되었다는 속설도 있다.

- 소구니산 798m

  경기도 가평군 설악면과 양평군 옥천면 경계 산이다.

- 옥산玉山 577.9m

  경기도 양평군 서종면과 옥천면 경계 산이다.
  산세가 부드럽고 아기자기하다.

- 청계산清溪山 658.4m

  경기도 양평군 서종면과 양서면 경계 산이다.
  경기도에만 청계산이 3곳이 있다.
  (포천 청계산 849m, 성남 청계산 620m)

한강기맥 고개

한강기맥에는 산 고개가 많았다.

고개 이름도 가지각색이다. 고개, 재, 현, 치, 령 등이다. 모두가 아주 옛날부터 산을 끼고 사는 사람들이 내왕을 하면서 붙여진 지명이다. 삶의 애환이 묻어 있는 산길이다.

그 옛날 문맹자에게는 '재'나 '고개'라는 순수 우리말이 친숙했을 터이고, 한자를 익힌 식자들에게는 '고개 현峴' '고개 치峙' '고개 령嶺' 자가 자연스러웠을 것이다.

아주 옛날부터 고개 너머 양쪽 고을끼리 교통, 생활, 문화의 교류가 필요하지만, 산이 가로막혀 있으면 내왕에 가장 적합한 낮은 능선에 길을 만들어 두고, 편의상 고개 이름을 붙였다.

지금은 그 고개들이 도로로 된 곳이 많다.

오대산 두로봉에서 한강기맥이 끝나는 두물머리까지 고개, 재, 현, 령, 치를 하나하나 짚어보면서 과거와 현재를 연상해 본다.

세월의 변화와 문화가 묻어있는 현장들이다.

· 두로령頭老嶺 : 평창 진부에서 월정사를 끼고 홍천군 내면 명계리에서 56번 국도와 만나는 446번 지방도로가 만들어져 있다. 현재는 통행을 금지하고 있다. 국립공원 자연 생태계 보존이라는 명분이 있겠지만 지명된 도로가 통행을 못한다는 것은 새겨볼 일이다.

· 운두령雲頭嶺 : 평창 용평에서 홍천 내면으로 해서 인제로 연결되는 31번 국도 상 계방산 능선을 가로지르는 고개다. 표고 1089m로 남한에서 도로가 지나는 두 번째 높은 고개다.

· 보래령寶來嶺 : 평창 봉평에서 홍천 내면으로 넘어가는 424번 지방도로 지금은 터널이 뚫려 있다.

· 불발현佛發峴 : 평창 봉평과 홍천 내면을 연결하는 임도가 있다.

· 장곡현 : 평창 봉평과 홍천 서석을 연결하는 임도가 있다.

· 구목령九木嶺 : 평창 봉평에서 홍천 서석을 연결하는 임도가 있다.

- 봉막재 : 횡성 청일면 속실리 봉막 마을에서 한강기맥에 연결되는 능선 고개로 하산길로만 쓰이고 있다.

- 원넘이재 : 횡성 청일면 속실리에서 홍천 서석 청량리와 연결되는 산길이다.

- 먼드래재 : 횡성 청일면 속실리에서 홍천 서석면으로 연결되는 19번 국도가 지난다.

- 여우재 : 횡성 청일 봉명리에서 홍천 서석 청량리 북전지와 연결되는 산길로 지금은 흔적조차 없다.

- 진지리고개 : 홍천 동면 노천리 화방이에서 물골과 부목재로 연결되는 임도가 있다.

- 화방고개 : 횡성 공근에서 홍천 동면으로 연결되는 406번 지방도로가 통과한다. 일명 장승재라고도 한다.

- 개고개 : 홍천 동면 좌운리에서 노천리로 넘어가는 고개로 산길이 나 있다.

- 소삼마치小三馬峙 : 옛 도로를 없애고 중앙고속국도가 터널을 지

난다. 능선으로 산길이 연결된다.

· 삼마치三馬峙 : 횡성 공근에서 홍천으로 5번 국도가 터널을 통과한다.

· 상창上蒼고개 : 강원 횡성 공근 상창봉리 삼거리 5번 국도에서 494번 지방도로가 연결되는 능선 고개이다.

· 발귀현 : 경기 양평 청운과 강원 홍천 남면을 연결시키는 임도가 있다.

· 신당고개 : 경기 양평 청운에서 강원 홍천 남면으로 이어지는 44번 국도가 지난다.

· 새나무고개 : 경기 양평 청운 정지골에서 연결되는 능선 고개이지만 현재는 임도가 가까이 지난다.

· 통골고개 : 경기 양평 단월 대부록 뒤 능선에 있는 고개로 현재는 연결되는 산길이 없다.

· 밭배고개 : 경기 양평 단월에서 강원 홍천 서면으로 연결되는 70번 도로가 터널을 뚫고 지난다. 능선 고개에는 터널이 생기기

이전 옛길이 있다.

· 비솔고개 : 경기 양평 단월에서 강원 홍천 서면, 춘천으로 연결되는 328번 지방도로가 지난다.

· 싸리재 : 경기 양평 용문 단월봉과 싸리봉 사이에 있는 고개로 사방으로 등산길이 연결된다.

· 조개고개 : 경기 양평 용문 조개골로 연결되는 능선 고개로 주변 산세가 수려하여 등산객들의 내왕이 많은 연결 통로다.

· 문례재 : 경기 양평 용문산과 용문봉을 연결하는 능선 길목이다.

· 가협치 : 경기 양평 용문산 정상 능선 산행을 피해(국가 중요시설) 정상 아래로 둘러가는 중간 지점에 위치한다.

· 배너머고개 : 경기 양평 옥천에서 가평 설악으로 연결되는 임도가 지난다. 현재는 배너머고개까지 351번 지방도로가 개설되어 있어서 자동차 통행이 가능하다.

· 농다치고개農多峙峴 : 경기 양평 옥천에서 서종과 가평 설악으

로 연결되는 37번 국도가 지난다.

· 말고개 : 경기 옥천 옥산과 연결된 능선에 있는 고개로 양평 한화리조트 방향으로 산길이 연결되고 있다.

· 된고개 : 경기 양평 양서 중동리에서 서종 서후리로 연결되는 산길이 나 있다.

· 송골고개 : 경기 양평 양서 팔당공원묘지와 연결되는 고개이다.

· 벗고개 : 경기 양평 양서 목왕리에서 서종면으로 연결되는 지방도로가 지난다.

· 소리개고개 : 경기 양평 양서 곡룡진에서 부용리 방향으로 트인 산길이다.

· 도당재 : 경기 양평 양서종합고등학교 뒤편에 있는 고개이다. 주변이 주거지로 개발되어 고개 찾기가 쉽지 않다.

자동차가 없던 때에, 걸어서 넘나들던 한강기맥 고개들이 자동차가 이용되면서 대부분이 도로 개발의 길목이 되었다. 옛 선조들의 선경지명이 돋보인다.

한강기맥을 지나는 임도는 도로로 활용할 수 있을 정도로 길이 잘 만들어져 있다. 현재는 산림보호 목적으로 차단기로 막고, 출입을 금지하고 있지만 언젠가 교통의 필요성이 있으면 자동차 도로로 이용될 자원이다.

한강기맥을 둘러싼 강

한강기맥은 백두대간에서 분맥된 한북정맥과 한남정맥 사이에 위치하며, 오대산 두로봉에서 북한강과 남한강을 가르며 뻗어 내리다가 두물머리에서 끝을 맺는다.

한강기맥을 둘러싼 강은 기맥 북향으로 소양강과 홍천강이 북한강과 합류하고, 기맥 남향으로 평창강과 섬강이 남한강과 합류하여 두물머리에서 합강하여 한강이 되면서 서울을 관통하여 서해로 흐른다.

한강기맥을 둘러싼 강은 정부의 하천 관리상 실태와 관행적으로 통용되고 있는 것과는 일치되지 않고 있다.

정부 자료를 참고로 하여 살펴본다.

• 소양강昭陽江-1 : 27.2km(79.5km) *( )안 숫자는 실제 유로의 길이

강원 인제 기린 방태천 합류 지점에서 인제 소양강 기점(지방1)까지다.

· 소양강-2 : 77.3km(156.8km)

인제 인북천 합류 지점에서 춘천 권화 북한강 합류 지점(국가)까지다.

소양강이 한강기맥과 연관이 되는 까닭은 오대산 두로봉, 상왕봉, 비로봉, 호령봉 북쪽 계곡물을 모은 계방천과 연결된 내린천이 소양강의 상류와 접속되기 때문이다.

· 홍천강洪川江 : 95.1km(106.1km)

강원 홍천 두촌 장남천 종점에서 춘천 남면 북한강 합류 지점(지방1)까지다.

홍천강은 한강기맥을 끼고 있는 홍천 서석면 장곡현, 구목령, 운무산, 수리봉 계곡물을 모은 내촌천과 동면 대학산, 덕구산, 응곡산 계곡물을 모은 덕치천과 만대산, 오음산 계곡물을 모은 성수리천, 개운천과 금물산, 갈기산 계곡물을 모은 남면 덕원천과 양평 단월면 명성천과 산음천 물을 모은 중방대천이 흘러든다.

홍천강은 소양강으로 흘러드는 물줄기와 구분되어 북한강으로 유입된다.

• 평창강平昌江-1 : 22.28km(52.65km)

강원 평창 봉평 흥정천에서 평창 대화 평창강 기점(지방2)까지다.

• 평창강-2 : 96.75km(149.4km)

강원 평창 방림 대화천 합류 지점에서 영월 한강 합류 지점(지방1)까지다.

평창강은 최상류인 계방산과 운두령 계곡물을 모은 속사천과 흥정산과 구목령 계곡물을 모은 흥정천이 만나는 지점에서부터이다.

평창강은 주천강과 합류하여 남한강에 흘러든다.

• 주천강酒泉江 : 91.1km(95.4km)

강원 횡성 둔내 무사골에서 영월 평창강 합류 지점(지방2)까지다.

일부 지도책에는 주천강과 평창강이 만나는 지점에서부터 남한강 합류 지점까지를 서강이라 지명하고 있다.

• 섬강蟾江-1 : 38.6km(73.02km)

강원 횡성 금계천 합류 지점에서 원주 지정 서곡천 합류 지점(지방1)까지다.

· 섬강-2 : 19.58km(92.6km)

강원 원주 지정 서곡천 합류 지점에서 경기 여주 점동 한강 합류 지점(국가)까지다.

섬강 상류는 강원 횡성 청일 운무산 계곡 유동천, 홍천 동면 대학산, 덕구산, 응곡산 계곡물을 모은 금계천 등이다.

· 북한강北漢江 : 144.4km

강원도 화천군 화천 휴전선에서 경기 양평 양서 한강 합류 지점(국가)까지다.

휴전선 북쪽 북한강 수계는 정확한 자료가 없다. 일부 자료에는 북한강은 강원도 화양군 사동면에서 발원하여 양구, 춘천, 가평을 거쳐 한강으로 흘러들며, 371km라고 한다.

· 한강漢江-1 : 25.8km(229.08km)

강원 정선 북평 오대천 합류 지점에서 충북 단양 가곡 한강 합류 지점(지방1)까지다.

· 한강-2 : 265.36km(494.44km)

충북 단양 가곡 사평리 하일 합류 지점에서 경기 김포 월곶 용강리 유도(국가)까지다.

현재 시중에 나도는 지도책을 보면 한강 한 물줄기를 조양강,

동강, 남한강, 한강으로 표기하고 있는 경우를 본다.

하천 관리에서 남한강 개념은 없다.

그만한 이유가 있겠지만 혼란스러운 것은 사실이다. 국내 어느 강을 살펴보아도 한 물줄기에 몇 개의 강으로 구분되어 호칭되는 곳은 없다.

국토의 현재 지명은 전통과 관행보다는 일관성 있게 하나로 통일되어야 한다.

<참고 1> 한강 수계의 시발점(발원지)인 검룡소儉龍沼(사계절에 걸쳐 영상 9도를 유지하면서 겨울에도 얼지 않는다. 주변 암반에 이끼가 늘 푸르다.)에서 오대천 합류 지점까지는 골지천으로 지명되고 있다. 각종 자료에서 한강의 길이를 514㎞로 하고 있는 것은 한강물의 발원지인 검룡소에서부터 종점까지(유로연장)의 수치를 말한다.

<참고 2> 강-1, 강-2는 하천관리청 관할에 따라 구분된 것이다.

실제 강 길이는 발원지에서 흘러 다른 강물이나 바다를 만나는 지점까지 산출되어야 하지만 어느 강도 정확한 자료는 없는 실정이다. 일반적으로 강은 발원지에서 실개천으로 시작되어 수량에 따라 개천이 되고, 하천이 되다가 물 흐름이 넓고 깊으면 강이라 불리어진다.

현재 하천 관리상 강이 지정되어 있지만 강의 개념에 대한 명확한 정의는 없다.

<참고 3> 강-1과 강-2에서 실제거리가 차이가 있는 것은 둘 다 관리되고 있는 하천의 최초 시작 지점까지의 거리이다.

<참고 4> 강의 각종 제원은 2002년도에 건설교통부(한국수자원공사)가 발간한 '우리 가람 길라잡이'를 참조한 것이다.

산행 계획과 진행

산행 계획

가 보지 않은 산은 변수가 많다.

사전에 구할 수 있는 갖가지 산 자료를 수집 검토하여 대비와 준비를 잘 하여야 무리한 산행을 피할 수 있다. 특히 장거리 산행이나 연일 산행을 할 경우에는 건강 상태와 체력과 기상 상태를 철저히 감안하여야 한다. 단독 산행일 때는 안전과 비상사태를 대비하여 필요한 준비를 철저히 챙겨야 한다.

한강기맥 산행을 계획하면서 몇 가지 방침을 정했다.

· 주간 산행을 원칙으로 한다.

야간 산행은 위험이 따르기 때문이다.

· 당일 산행을 하기로 한다.

현지에 머물면서 연속 산행은 침식을 비롯해서 여러 가지가 불편하다. 다행히 한강기맥은 서울에서 교통 접근이 편리하여, 당일 산행에 무리가 따르지 않는다.

· 하루 산행 구간은 교통 접근을 염두에 두고 산행 출발지와 도착 지점에 도로가 연결되는 것을 고려한다.

· 당일 산행 거리를 길게 잡지 않는다.

산맥 산행은 체력 조절을 잘해야 한다. 무리한 산행을 하면 신체에 부담이 가고, 예상치 못한 후유증이 생길 수도 있다.

· 늦은 봄(3월)에 시작하여 한여름이 되기 전(6월)에 마무리하기로 한다.

산행은 사계절이 다 의미가 있지만, 한여름은 숲이 무성해 시야가 가리는 경우가 많고, 한겨울은 눈 산행이 아니라면 빙판이 안전을 위협한다. 사실 우리나라 계절에 안성맞춤인 산행은 봄과 가을이 제격이다.

온 산에 생기가 돌고 야생화가 흐드러지게 피는 봄 계절에 시작해서, 여름이 오기 전에 끝내기로 했다. 수풀이 무성해지면 넝쿨 식물이 발목을 잡고, 날파리, 모기가 무척 성가시게 한다.

· 악천후가 예보되는 날은 산행을 하지 않기로 한다. 산행 중에 바람이 거세거나 비가 내리면 불편하기도 하고 안전에 위험하기도 하다.

· 가급적 사람들의 이동이 심한 주말이나 휴일은 산행을 하지 않기로 한다.

번거로움을 피하고 힐링 산행을 하고 싶었다.

· 구간 종주는 어느 구간이든 북에서 남으로 산행을 진행한다. 능선과 물의 흐름을 따라야 산천의 순리를 보고 느낄 수 있다는 평소의 생각이다.

구간 나누기

백두대간 오대산 두로봉에서 경기도 양평 북한강과 남한강이 만나는 두물머리까지, 기맥 능선을 지나는 도로를 기준으로 하여 구간을 나누었다.

* 총 거리 : 167km(도상거리) - 250km(실제거리)

·1구간 : 오대산 두로봉頭老峰1421.9m -3.4km- 상왕봉象王峰1493m -2.2km- 비로봉毘盧峰1563.4m -1.9km- 호령봉虎嶺峰1560m -12.4km- 계방산桂芳山1577m = 19.9km

* 현재 비로봉에서 계방산까지 통행금지 구역

·2구간 : 계방산桂芳山1577m -3.8km- 운두령雲頭嶺1089m = 3.8km

·3구간 : 운두령雲頭嶺 -5.8km- 보래령寶來嶺 = 5.8km

·4구간 : 보래령寶來嶺 -2.3km- 회령봉會靈峰 분기점1309.4m -5.2km- 흥정산興亭山 분기점1279m -1.1km- 불발현佛發峴1013m -0.9km- 청량봉(춘천지맥분기점)1052m -1.5km- 장곡현長谷峴

-6.2km- 구목령九木嶺 = 17.2km

· **5구간** : 구목령九木嶺 -3.5km- 삼계봉(영월지맥분기점)1105m -2.8km- 봉복산鳳腹山1034m 갈림길 -3km- 원넘이재 -0.8km- 운무산雲霧山980.3m -4.8km- 먼드래재 = 14.9km

· **6구간** : 먼드래재 -2.2km- 여우재 -2.2km- 수리봉959.6m -5.6km- 대학산876.4m -3.5km- 화방고개(장승재) = 13.5km

· **7구간** : 화방고개(장승재) -3km- 덕구산德丘山656m -2.9km- 개고개 -1.1km- 응곡산鷹谷山603.1m -3.8km- 만대산679m -3.1km- 소삼마치小三馬峙 = 13.9km

· **8구간** : 소삼마치 -4km- 오음산五音山930m -2.4km- 삼마치三馬峙 -3km- 상창上蒼고개 = 9.4km

· **9구간** : 상창고개 -5.6km- 금물산今勿山776m -2.3km- 시루봉504.1m -2.2km- 발귀현 = 10.1km

· **10구간** : 발귀현 -3.7km- 갈기산葛基山685.4m -3.2km- 신당고개 = 6.9km

· **11구간** : 신당고개 -2.2km- 새나무고개 -4km- 통골고개 -2.1km- 밭배고개 = 8.3km

· **12구간** : 밭배고개 -7km- 비솔고개 = 7km

· **13구간** : 비솔고개 -1.4km- 도일봉道一峰864m 갈림길 -5.6km- 문례재 -1.1km- 용문산龍門山1157m -3.5km- 배너머고개 = 11.6km

· **14구간** : 배너머고개 -2.3km- 대부산743.5m -1.2km- 유명산有明山862m -1km- 소구니산798m -1.7km- 농다치고개 = 6.2km

· **15구간** : 농다치고개 -1.8km- 옥산 -1.4km- 말고개 -2.9km- 된고개 -1.8km- 청계산淸溪山658.4m -1.2km- 송골고개 -1.7km- 벗고개 = 10.8km

· **16구간** : 벗고개 -0.9km- 389m봉 -2.9km- 갑산공원묘지 -3.6km- 106.7m봉 -1.2km- 양수역 -1.8km- (양평) 두물머리 = 10.4km

구간별 산행 일정

당초 한강기맥 종주를 16개 구간으로 나누어 정했지만 진행은 구간 여건과 계절을 참작하여 18회에 걸쳐 마무리했다.

· 오대산 비로봉에서 계방산까지는 출입금지 구간이어서 산행을 하지 못했다.

· 보래령에서 구목령까지의 구간을 두 번에 나누었다.
(보래령 - 장곡현 / 장곡현 - 구목령)

· 구목령에서 먼드래재까지의 구간을 두 번에 나누었다.
(구목령 - 원넘이재 / 원넘이재 - 먼드래재)

구간별 산행

구간	차수	구간기점 - 구간종점	산행일자	요일
1	13	두로봉 - 비로봉	6. 1	월
*	*	비로봉 - 계방산	출입금지구역	
2	14	계방산 - 운두령	6. 5	금
3	12	운두령 - 보래령	5. 26	화
4	16	보래령 - 장곡현	6. 15	월
4	17	장곡현 - 구목령	6. 22	월
5	15	구목령 - 원넘이재	6. 8	월
5	11	원넘이재 - 먼드래재	5. 21	목
6	18	먼드래재 - 화방고개	6. 25	목
7	10	화방고개 - 소삼마치	5. 13	수
8	9	소삼마치 - 상창고개	5. 7	목
9	8	상창고개 - 발귀현	4. 27	월
10	1	발귀현 - 신당고개	3. 24	화
11	2	신당고개 - 밭배고개	3. 30	월
12	3	밭배고개 - 비솔고개	4. 3	금
13	4	비솔고개 - 배너머고개	4. 6	월
14	5	배너머고개 - 농다치고개	4. 9	목
15	6	농다치고개 - 벗고개	4. 17	금
16	7	벗고개 - 두물머리	4. 24	금

<제2부>

구간별 산행 이야기

산을 가면 수많은 이야기들이
귀를 유혹한다

1구간<13차 산행>

(백두대간) **두로봉** → (오대산) **비로봉**

* 오대산 두로봉頭老峰1421.9m -3.4km- 상왕봉象王峰1493m -2.2km- 비로봉毘盧峰1563.4m = 5.6km

산행 일시 : 2015년 6월 1일 월요일

- 날씨 : 맑음
- 산행 거리 : 14.2km(5.6km<한강기맥> + 3km<미륵암에서 두로령까지> + 1.6km<두로령에서 두로봉까지> + 4km <비로봉에서 상원사까지 하산>)
- 산행 시간 : 6시간 45분(09:45-16:30)
- 산행 비용 : 113,700원(버스 26,200원<동서울-진부 왕복>, 택시 80,000원<진부터미널에서 오대산 미륵암 50,000원, 상원사에서 진부터미널 30,000원>, 간식 7,500원)

일정 진행

→ 06:22 - 08:35 동서울터미널에서 버스 편으로 진부 도착

→ 08:40 - 09:15 영업 택시로 진부에서 오대산 월정사 미륵암 갈림길 도착

→ 09:20 - 10:00 비포장도로(생태계 보호를 명분으로 차량 출입 금지 구역) 따라 산행 시작하여 두로령 도착

→ 10:05 - 11:00 두로령에서 두로봉까지 산행. 두로봉에서 백두대간 만나 상징적으로 북쪽으로 50m 가량 남쪽으로 50m 가량 백두대간 체험 산행

→ 11:10 - 15:10 두로봉 → 두로령 → 상왕봉 → 비로봉까지 산행

→ 15:30 - 16:10 비로봉 → 적멸보궁 → 사자암 → 상원사 거쳐 상원사 주차장 도착

→ 16:15 - 16:42 콜택시 편으로 월정사 방문 후 진부버스 터미널 도착

→ 16:45 - 19:00 버스 편으로 동서울터미널 도착 → 귀가

구간 산세

두로봉은 백두대간이 지나는 오대산 중의 한 봉우리이면서, 한강을 남북으로 가르는 한강기맥의 시작점이다.

고도가 높은 산맥(1421.9m<두로봉>, 1323.2m봉, 1419.6m봉, 1460m봉<헬기장>, 1355m봉, 1493m<상왕봉>, 1537.2m봉, 1563.4m<오대산 비로봉>)의 연속이

지만 두로봉에서 비로봉까지는 고도가 높은 편이나 가파르게 오르고 내리는 구간이 없어 비교적 산행하기에 무리가 없다.

현재 오대산 비로봉에서 호령봉을 거쳐 계방산까지는 자연 생태계 보호와 관리를 위해 출입이 금지되고 있다.

기맥연결 주의지점

두로봉에서 비로봉까지는 길 연결에 큰 문제가 없는 구간이다. 능선 길이 분명하다. 오대산을 찾는 등산객이 많아서일 거다.

다만 비로봉에서부터 기맥 길이 차단되어 현재로서는 한강기맥 종주는 미완성으로 끝을 맺어야 한다. 오대산 서식 동식물의 생태계를 보호하기 위해서 2008년 3월 1일부터 기맥 길을 막아버렸다. 벌써 8년이 지났다. 지금 개방한다고 해도 그간 수풀이 무성하여 능선 길이 묻혀 버렸을 것이다.

산행 이야기

오늘 드디어 한강기맥 시발지를 찾아간다는 설렘에 기분이 붕 떴다. 두로봉은 백두산과 지리산을 연결시키는 한반도의 대동맥인 백두대간을 만나는 지점이다. 우람한 산맥이 연결되는 현장을 본다는 기대감에 그저 신명이 났다.

생각대로라면 두로봉에서부터 산맥을 연결시키면서 끝 지점인 두물머리로 산행을 했어야 하는데, 구간을 정해두고 교통 편의와 계절의 분위기를 맞추어 진행을 하다 보니 구간을 순서대로 진행하지는 못했다.

오늘 구간에 두로령으로 지방도로(446번)가 개설되어 있으나 국립공원 관리를 위해 교통통행을 금지하고 있어 두로령까지 교통이 닿지를 않아 북대사(미륵암) 밑 지점에서부터 도로(비포장) 따라 두로령까지 걸었다.

두로령에서 두로봉까지 기맥 길은 왕복으로 산행을 해야 했다. 백두대간 두로봉에서 한강기맥이 시작된다. 두로봉을 가기 위해서는 두로령에서 두로봉을 가야 했다. 두로령에서 두로봉 구간은 왕복을 한 셈이다.

체력이 허용된다면 진고개에서 백두대간 따라 동대산1434m을 거쳐 두로봉으로 접근할 수도 있다.

두로령에는 거대한 '백두대간 두로령' 표석이 세워져 있었다. 어리둥절했다. 자연이 살아 숨 쉬는 원시림 속에 을씨년스럽게 맨몸을 드러내 놓고 서있는 모습이 딱하게 보였다.

두로령에서 두로봉 가는 산길 주변에 원시림답게 수백 년 세월의 흔적이 묻은 거목들이 군데군데 버티고 있었다. 몸통은 거대한데 속은 문드러져 텅텅 비기도 했고, 스스로의 무게에 짓눌려 몸통이 불어터진 볼썽사나운 나무도 있었다. 가지들이 희한한 모양으로 비틀어지거나 휘어진 나무들도 있어 놀라웠다. 위압감이 느껴지기도 했다. 세월의 심술이 예사롭지 않았다. 세월이 묻어난 나무들은 그 매무새가 매끈하지 못하고 괴상망측한 것은 어쩔 수 없는 자연의 순리인가.

드디어 두로봉에 섰다. 한강기맥의 시발지다. 두로봉은 백두대간이 지나는 지점이다. 한강기맥 종주 산행을 계획하면서 지도상에 수도 없이 짚어 본 '두로봉頭老峰'이다. 노인 머리통 같다고 해서 두로봉인데 어디를 둘러보아도 노인 머리로 감이 잡히질 않는다.

마음은 개선장군이다. 목메어 그리던 두로봉에 왔으니 백두산 방향으로, 지리산 방향으로 백두대간 길을 50여 미터씩 밟아보았다. 한반도의 대동맥을 밟고 섰다는 통쾌함이 온몸에 전해왔다.

산은 온통 녹색 바다였다.

나무들은 종류를 가리지 않고 잎들은 모두가 녹색으로 단장을 한 것이 신통했다. 숲속의 풀들도 온통 녹색이다.

엉뚱한 생각을 해본다. 식물의 잎들이 녹색이 아니고 붉은색, 푸른색, 노란색, 검은색 중의 하나였다면 어땠을까.

산길 따라 군데군데 멧돼지가 땅을 뒤진 곳이 긴장을 더해 주었다. 혹시나 불쑥 나타날까 봐서이다. 멧돼지가 잡식성이긴 하지만 근육질인 주둥이로 돌멩이, 뿌리들이 뒤엉긴 땅을 파헤치는 그 근성이 신기하기도 하고 이해가 되지 않기도 했다. 무엇을 뒤져 먹는지도 궁금했다.

마침 '멧돼지 흔적' 안내문이 나무에 매달려 있었다.

'멧돼지가 땅을 파서 식물의 뿌리를 캐먹거나
곤충과 작은 포유동물을 잡아먹는다'

고 적혀 있었다.

깊은 산중에서는 멧돼지, 독사, 독거미, 독나방, 벌, 옻나무를 특별히 주의해야 한다. 비상시를 대비해서 구급약품도 준비해야 한다.

지금까지 산을 다니면서 거미줄이 얼굴을 스치거나 날파리가 집요하게 얼굴을 따라 붙는 성가신 경우 이외에 위급한 돌발 사태는 없었다. 가끔 뱀을 만나기는 했지만 피해 가도록 기회를 주었다. 산에서 만나는 동물은 먼저 공격을 하거나 소란을 피우지 않으면 물러난다고 한다.

두로봉에서 비로봉 가는 산길은 원시림 그대로였다. 사실 국립공원으로 지정되어 개발이 제한되고 사람의 손길이 닿지 않도록 통제를 했으니 자연 생태계가 잘 보존되고 있었다.

오대산의 내력도 흥미로웠다.

최고봉인 비로봉1563.4m을 중심으로 상왕봉1493m, 두로봉1421.9m, 호령봉1560m, 동대봉(산)1434m 이 있어 이 다섯 고산 봉우리 사이로 평평한 터가 있어 오대산五臺山이라고 이름 지어졌다고 한다.

오봉은 불교의 상징인 연꽃의 다섯 잎과 상통하여, 연꽃 속에 둘러싸인 오대산은 불교의 성지로 널리 알려져 있다.

지금 그 오대에는 일찍부터 각각 암자가 지어져 있다.

· 지공대<중대>에는 사자암
· 만월대<동대>에는 관음암
· 장령대<서대>에는 연불암
· 기린대<남대>에는 지장암
· 상삼대<북대>에는 미륵암

사자암에는 신라 때 자장율사가 당나라에서 가져온 부처님의 진신사리가 안치된 적멸보궁이 있고, 현재의 월정사는 자장율사가 기거하던 곳이라고 한다.

적멸보궁은 부처님의 시신에서 나온 유골(眞身舍利)을 모신 법당이다. 이들 법당에는 진신사리를 봉안했기 때문에 부처가 없다. 현재 우리나라에 진신사리가 안치된 5대 보궁이 있다.

· 강원도 평창군 오대산 사자암
· 강원도 정선군 태백산 정암사
· 강원도 영월군 사자산 법흥사
· 강원도 인제군 설악산 봉정암
· 경상남도 양산시 영축산 통도사

오늘 산행 일정은 비로봉에서 호령봉을 거쳐 하산할 작정이었으나, 비로봉에서 호령봉 방향은 출입이 금지되고 있었다. 명분은 '야생 동·식물 서식지 보호'였다. 2008년부터였으니 8년이 지난 지금은 수림이 우거져 산길은 흔적조차 없을 듯하다.

'국립공원에서 자연은 보호되어야 한다'는 취지에는 동감이다. 두로봉에서부터 비로봉까지도 국립공원이다. 여기는 개방이 되고 있다. 무슨 연유일까. 등산객을 위한 최소한의 배려라면 할 말은 없다. 국토의 대 산줄기인 백두대간이나 한강기맥은 많은 사람이 내왕을 하지 않는다. 출입금지보다는 제한된 통행을 허용하는 것이 어떨까 싶다.

가지 못하는 국토가 있는 곳이 북한 땅만이 아니구나 싶었다.

10년 전 '한반도 5000리 걷기' 계획을 세워, 해남 땅끝에서 두만강변인 함경북도 온성군 풍서까지 걷기로 했었지만, 강원도 고성 통일전망대에서 휴전선에 막혀 더 이상 북으로 가지 못했다. 그때의 통한이 떠올라 출입금지 표지판을 한참이나 바라보았다. 여기는 남한 땅인데.

오대산 비로봉에서 계방산까지는 출입금지로 산행이 되지 않는다. 한강기맥 종주는 미완성으로 끝을 맺어야 한다. 아쉽지만 어쩔 수 없었다.

비로봉에서 하산을 했다.

급경사 계단이었다. 철제 구조물에 나무 깔판 계단에 계속 체중을 실으니 무릎 관절이 아우성이다. 천 계단도 넘을 듯 했다. 내려오다 사자암 적멸보궁을 들렀다. 높은 산중에 화려한 장식과 계단식으로 지어진 사찰 건축양식이 예사롭지 않았다. 여기도 국립공원인데 어쩐 일이지.

상원사 주차장에서 콜택시를 불러 진부버스터미널로 오다가 택시를 멈추게 하고 월정사 경내를 들렀다. 오대산 불교 성지의 총본산답게 시설과 규모가 엄청났다.

거대한 종교시설이 유명 관광지로 되어 있는 경우를 흔히 본다. 진정한 자아발견을 위한 깨달음의 도량이 절집일 텐데 여기저기 경제가 넘실거린다.

상원사 경내에 'Who am I?'라고 방을 붙인 것이 이색적이었다. '나는 누구인가?'
수도승의 화두이기도 하지만 우리 모두 삶의 화두이기도 하다. 정신없이 살다 어느 날 갑자기 '내가 왜 살지' 하고 반문할 때 자기를 한번 되돌아볼 수 있는 계기가 되리라.

2구간<14차 산행>

계방산 → 운두령

* 계방산桂芳山1577m -3.8km- 운두령雲頭嶺1089m(31번 국도)
= 3.8km

산행일시 : 2015년 6월 5일 금요일

- 날씨 : 비
- 산행 거리 : 7.6km(3.8km + 3.8km = 종주길 왕복)
- 산행 시간 : 8시간 50분(08:10-17:00)
- 산행 비용 : 98,700원(버스 26,200원, 택시 59,000원<진부-운두령 왕복>, 중식 7,000원, 간식 6,500원)

일정 진행

→ 07:00 - 09:25 동서울터미널에서 평창 진부까지 버스로 이동

→ 09:25 - 09:50 영업 택시로 진부에서 운두령까지 이동

→ 10:00 - 14:00 운두령에서 산행 시작하여 계방산 정상에서 다시 운두령으로 하산(왕복 산행)

→ 14:30 - 15:00 콜택시로 운두령에서 진부로 이동

→ 15:00 - 15:50 진부에서 점심 식사

→ 16:00 진부터미널에서 버스 편으로 귀경(동서울터미널)

구간 산세

계방산은 남한에서 다섯 번째로 높은 산이다.

(1.한라산 1950m 2.지리산 1915m 3.설악산 1708m 4.덕유산 1614m 5.계방산 1577m)

계방산에서 운두령까지는 1577m봉(계방산), 1496m봉, 1236m봉, 1120m봉, 1173m봉, 1068m봉, 운두령으로 연이어지고 있으나 능선길이 가파른 곳이 없는 편이다.

운두령은 해발 1089m로 남한에서 두 번째로 높은 고개(31번 국도)이다. 강원도 평창군 용평면과 홍천군 내면을 연결하고 있다.(첫 번째는 강원도 태백시, 정선군, 영월군 경계의 접점 지점인 414번 지방도 상의 만항재로 1330m이다)

구간 명소

* 1496m봉(전망대)

계방산 정상 500여 미터 못 미쳐 있다. 사방이 첩첩 산으로 탁 트인 전경은 가히 절경이다.

저 멀리 가칠봉1240.4m, 설악산1708m, 소계방산1456m, 두로봉1421.9m, 상왕봉1493m, 비로봉1563.4m, 호령봉1560m, 동대산1434m, 노인봉1338m, 황병산1407m, 고루포기산1238.3m, 발왕산1458m, 백덕산1350m, 태기산1261m 등이 동서남북으로 둘러져 있어 전국 어디에서도 보기 드문 산악 경관 명소임이 분명하다.

오죽했으면 1496m 봉우리에 목재 전망대를 만들어 두고, 전망 안내판까지 있으랴. 계절마다 멋진 풍경이 연출될 것이 분명하다.

언제라도 몇 번이고 오고 싶은, 누구에게나 추천하고 싶은 곳이다.

기맥연결 주의지점

해발이 높은 구간이지만 중간에 갈림길이 없어 산행 길 연결에 불편은 없다. 겨울철에 눈 덮인 계방산을 찾는 등산객이 많아서인지 산길이 분명하다.

산행 이야기

오늘 산행 구간을 홍천 구목령에서 덕고산을 거쳐 원넘이재까지를 계획하고 집을 나서는데 빗방울이 보였다. 일기예보에 오늘 비 온다는 말은 없었다.

비 오는 날 산행은 거추장스럽고 불편하기가 이만저만 아니다. 비 내리는 날 산행은 하지 않기로 정해 두었는데 난감했다.

'서울에는 비가 내려도 홍천지역에는 비가 오지 않을 수도 있겠지' 하고 요행을 바랐다. 산행에서 요행을 바란다는 것은 바보짓이다.

택시 운전석 앞 유리창에 빗물을 훑어내는 브러시에 눈을 떼지 않았다. 윈도우 브러시가 천천히 움직이면 빗줄기가 가늘어진다는 징조로 마음이 놓이기도 하다가 갑자기 빨라지면 '아이쿠' 싶었다.

동서울버스터미널에서 홍천행 버스표를 샀다. 비가 멈출 것 같지가 않았다.

마음이 혼란스러웠다.

스마트폰으로 검색해 보니 '평창 쪽에 오전에는 비가 내리지 않는다'고 예보가 되어 있었다. 계방산 코스를 산행하기로 하고, 진부로 표를 바꿨다.

새벽잠을 설쳐 잠이 들 법도 한데 창밖 날씨를 보느라고 신경이 곤두섰다.

진부에 도착하니 비가 내릴 듯 말 듯 했다.

택시로 운두령에 도착하니 빗방울이 보이기 시작했다.

한강기맥 종주는 오대산 두로봉에서 시작이 되지만 오대산 비로봉에서부터 계방산 방향으로는 생태계 복원과 서식 동식물 보호를 위해 통행을 금지시키고 있어서, 부득이 계방산에서 운두령까지의 구간은 운두령에서 계방산 정상까지 왕복을 할 수밖에 없었다.

비록 왕복 산행이지만 구간이 길지 않아서 비를 만난다고 해도 큰 문제가 없을 듯했다. 비 오는 날 뇌성 번개까지는 좋은데 벼락만 치지 않으면 천만다행이다.

계방산은 겨울 눈산이 절경이라 해서 2007년 1월 19일에 산행한 적이 있다. 추억이 있는 산이지만 산은 언제와도 다른 모습으로 변해 있다. 산속에도 시시각각으로 변화가 끊임없이 계속되고 있다. 9년의 세월만큼 계방산은 성숙해 있었다.

계방산의 매력은 사방이 뚫린 전망대와 정상에서 가깝고 먼 산경을 바라보는 맛이 일품이다. 세속에 찌든 가슴이 뻥 뚫리는 듯한 기분은 통쾌하고 상쾌함 그대로였다.

저 멀리 겹겹이 둘러쳐진 산등성이들의 모습에서 마치 거대한 고래 떼가 바다를 헤엄하는 듯 꿈틀거리는 모습과 흡사했다. 한참을 보고 있자니 마치 내가 그 속에 빨려드는 듯 온몸이 지근거렸다.

몇 번이고 다시 오고 싶다는 생각이 나를 잡아맸다.

계방산 정상에서 저 멀리 능선이 분명한 호령봉, 비로봉을 바라보고 가지도 오지도 못하는 아쉬움이 안쓰러웠다. 오대산국립공원 내 생태계 보존을 위해서 출입을 금지해 두었으니 어쩔 도리가 없다는 현실이 안타까웠다.

2008년부터였으니 8년의 세월 동안 이미 산길은 없어졌음이 분명하다. 수림과 수풀이 자라고 뻗쳐 어디가 어딘지 분별이 되지 않을 것이다.

이제 한강기맥 완주 산행은 당분간 접어야 했다.

운두령으로 되돌아오는데 빗방울이 굵어지기 시작했다. 우산과 비옷으로 무장을 했지만 그저 빨리 가야 한다는 조바심에 산경을 제대로 볼 수가 없었다. 마침 바람이 불지 않아 다행이었다.

산행을 하면서 산경을 보지 못하고 스치듯이 지난다는 것은 정말 갑갑하고 답답한 노릇이다. 오늘이 그랬다.

그렇지만 비는 내려야 한다.

가뭄이 심하다. 계곡마다 물줄기가 가늘고, 저수지마다 바닥을 보인다. 농경지에 심어진 농작물이 갈증을 느끼다 못해 말라가고 있다. 사람이나 식물은 물이 있어야 생명을 유지하고 성장에 평형을 유지할 수 있다. 농사가 잘못되면 민심이 사나워진다. 흉년이 들면 온 나라가 혼란스럽다. 먹을 것이 풍족해야 삶에 여유가 생긴다.

3구간<12차 산행>

운두령 → 보래령

* 운두령雲頭嶺1089m -5.8km- 보래령寶來嶺 = 5.8km

산행 일시 : 2015년 5월 26일 화요일

- 날씨 : 맑음
- 산행 거리 : 8.8km(5.8km + 3km<보래령에서 보래령터널 입구까지 하산>)
- 산행 시간 : 5시간 45분(기맥 종주 5시간, 하산 45분)
- 산행 비용 : 101,700원(버스 24,700원<동서울-진부 13,100원, 장평-동서울 11,600원>, 택시 49,000원<진부-운두령 28,000원, 보래령-봉평 12,000원, 봉평-장평 9,000원>, 식대 23,000원, 간식 5,000원)

일정 진행

→ 06:22 - 08:35 동서울버스터미널에서 버스 편으로 진부 터미널까지 이동

→ 08:40 - 09:00 진부에서 택시 편으로 운두령 도착
→ 09:00 - 09:15 운두령휴게소에서 간식
→ 09:15 - 14:15 운두령에서 기맥 산행 시작하여 보래령에서 산행 종료
→ 14:15 - 15:00 보래령에서 보래령터널 입구까지 하산 산행
→ 15:20 - 15:35 콜택시 편으로 봉평 도착
→ 15:35 - 16:10 봉평 전통 메밀 식당(초가집 옛골)에서 점심
→ 16:10 - 16:20 택시 편으로 장평버스터미널까지 이동
→ 16:25 - 17:30 버스 편으로 귀경하여 동서울터미널 도착

구간 산세

해발 1068m 지점인 운두령에서 보래령까지 구간은 1300m 전후의 산봉이 6개(1089m봉, 1271.8m봉, 1357m봉, 1382m봉, 1247.9m봉, 1261m봉)가 있으나 가파르게 오르고 내리지를 않는다. 걷기에 완만한 산맥이다.

바위나 너덜길도 없다.

기맥연결 주의지점

이 구간은 1200m 전후의 능선인데도 산행 길은 고산 기분을 전연 느낄 수 없을 정도로 완만하다. 숲이 우거진 늦봄부터는 수림에 가려 산맥 주변을 볼 수 없어 갑갑하기는 해도 뙤약볕에 노출

되지 않아 걷기에 불편하지 않다.

보래령에서 산행을 끝내면 교통 연결을 위해 하산을 해야 한다. 바로 아래쪽에 임도가 있어 연결 길을 잘 찾아야 한다. 임도로 내려와서 임도를 건너 우측으로 4-5m 가면 계곡 쪽으로 빠지는 길이 급경사로 희미하게 나 있다. 보래령터널 입구까지 걸어야 한다.

보래령터널 입구쯤에서 도로를 만나면 콜택시를 이용해야 편리하다. **(봉평 콜택시 : 033-335-5577, 010-8738-6319)**

산행 이야기

운두령 고개에서 택시를 내렸다.

이 고개는 남한에서 도로가 두 번째로 높다(1089m)고 한다. 제일 높은 고개는 만항재1330m(태백시, 정선군, 영월군 접경 414번 도로 - 백두대간 통과 지점)다.

고갯마루에는 휴게소가 깔끔하게 지어져 있는데, 홍천부녀회에서 토산물과 음료수를 팔고 있었다. 토산주를 페트병에 담아 팔고 있어 "무슨 술 이냐"고 했더니, '야관문 술'이라고 했다. '야관문'이라고 해서 피식 웃음이 났다.

지인 중에 귀촌해 전원생활을 하면서 각종 민속주를 손수 담가 마시는 분이 있는데 그 중에 야관문 술을 기세 좋게 소개를 한 적이 있다.

원래 야관문 술은 중국산인데, 남성의 정력에 좋다고 하여 한국 남성들에게 인기가 있단다. 그런 연유로 한때 야관문 식물을 집단으로 재배하여 대대적 선전으로 호기를 누리다 지금은 한풀 꺾였다.

그런데 이곳에서는 아직도 인기가 있는지 담가서 팔고 있었다. 1리터 병에 35,000원 받는다고 했다.

겨울을 지나면서 봄이 되고, 여름이 가까우면 산속의 수풀은 무섭게 성장을 한다. 낙엽수는 새잎을 펼치고, 가지와 덤불은 쭉쭉 뻗어 난다. 산등성이의 초화들도 옆으로 위로 세력을 뻗쳐 산길을 덮어버린다.

내왕이 많은 산길은 발길에 밟혀 길이 트여 있는데, 그러지 못한 오지 산이나 산맥 길은 수림에 막혀 당황스러운 경우가 허다하다.

요즘은 등산용 GPS가 있어 산악 정보를 현장에서 제공받기도 하지만, 그것도 없이 미지의 초행 산행인 경우에는 불안하다. 이런 점들을 염두에 두고 한강기맥 종주 산행을 남쪽에서부터 구간을 잘라서 북쪽으로 진행했다. 지역에 따라, 지대가 높은 산맥일수록 기온차가 있을 수 있다는 것을 고려한 것이 잘된 결정이었다.

남쪽에서는 진달래꽃이 끝물인데도 북으로 올수록 진달래가 한창이었고, 철쭉꽃도 고산일수록 제철을 만나 만발하고 있었다. 꽃철을 맞아 '이제 마지막이다', '끝물이다' 하는 표현은 자연에서는 통하지 않는다. 기온에 따라, 산 높이에 따라, 음지와 양지에 따라 변화가 다양하다.

우리네 삶도 그러하다. 살면서 '이제 마지막이다', '끝이다' 하는 표현은 가급적 쓰지 않는 것이 현명하다. 자연이 수시로 변하듯이 사람의 마음도 때때로 변한다. '마지막'이라는 것은 절망이나 단절을 의미한다. 자연과 삶에는 '죽음' 외에 마지막은 없다.

오늘 산길에도 철쭉꽃이 흐드러지게 피어 있었다. 1200m 고산지대여서 기온 탓인지 나뭇잎들도 온갖 초화들도 초봄의 성장을 하고 있어 산 분위기는 무척 쾌적했다.

사실 산은 너무 울창하면 갑갑하고 답답하다. 수풀이 뒤엉겨 개성미도 없고 혼란스럽기만 하다. 동양화의 품격처럼 꽉 찬 것보다는 여백이 있어야 멋으로 비친다.

내 지금껏 산을 다녀도 오늘같이 쾌적한 산행을 해 본 적이 없다. 배낭을 메고, 등산복을 입었지만 마치 홀라당 벗은 듯 맨몸이 노출된 양 경쾌한 기분은 날아갈 듯했다. 비록 산야초들의 이름을 다 알지는 못했지만, 올망졸망한 식물 군락이 저마다 특성을 뽐내며 생기를 뿜고 있는 모습들은 자연의 우아함 그 자체였다.

해발 1200m 이상 고산지대지만 산길이 급하게 오르고 내리지 않아서 마치 동산을 걷고 있는 듯 편안했다. 드넓은 자연의 정원을 한껏 즐기면서 마음에 담고 걷고 있는 기분은 그 어떤 부호도 부럽지 않았다.

산행의 참맛이 온몸에 짜릿했다.

산을 좋아하는 내 주변 사람들에게 이 시기에, 이 구간 산행을 꼭 한번 해 보라고 권유하고 싶었다. 순수 자연의 상큼한 맛을 보게 해 주는 힐링의 천국이라고 전해야지.

오늘 산행 출발지인 운두령 가는 길에 '이승복기념관'을 지나쳤다.

1968년 11월 2일 삼척, 울진 해안으로 침투한 무장공비에게 '나는 공산당이 싫어요'라고 소년 이승복(당시 9세 초등학생)이 한 말에, 어머니, 남동생, 여동생과 함께 무참히 살해당한 현장을 '반공의 산실'로 기념하기 위해 1982년 10월 26일 기념관을 세우고, 반공의 산 교육장으로 활용하고 있다.

한국 현대사의 가슴 아픈 흔적이 남겨진 곳이다.

타고 가던 택시 기사가 말했다.

처음에는 '이승복반공기념관'이었는데 언제부터인가 '반공'이라는 말이 빠지고 '이승복기념관'이라고 했단다.

이 기념관을 두고도 이념의 갈등이 느껴져 안타까웠다.

산행을 끝내고 봉평에 들렀다. 봉평의 상징인 메밀 음식을 먹기 위해서였다.

'봉평' 하면 메밀로 지역 브랜드가 매김을 하고 있다. 메밀은 척박한 땅에도 잘 적응하여 강원도 산골에서 사랑받는 작물이다. 하지만 메밀이 봉평의 상징이 된 것은 이곳 출신인 이효석(1907-1942)

의 '메밀꽃 필 무렵'이라는 단편소설이 발단이 되어 생가를 복원하여 문학관으로 만들면서부터이다.

첩첩 산골마을이 한 작가의 작품 유명세로 인하여 관광지로 탈바꿈하면서 지역에 활력을 불어넣었다. 메밀밭을 넓히고, 메밀 음식을 다양하게 개발하여 '봉평' 하면 '메밀'로 널리 알려졌다.

택시 기사에게 "봉평에서 가장 맛집으로 소문난 음식점으로 안내해 달라"고 했더니, 100% 국산 메밀 집으로 데려다 주었다. 넓은 마당에 초가집 분위기가 시골스러웠다.

메밀 모듬전과 메밀국수를 시켜 먹었는데, 도시에서 먹던 메밀 음식 맛과는 달랐다. 산뜻하고 개운한 맛이 입안을 가득 채웠다. 늦은 점심시간인데도 손님이 꽤 있는 걸 보아서 소문이 나 있는 집인 듯했다.

인사치레로 "영업이 잘 됩니다" 했더니, "뭘요, 이 조그마한 시골에 메밀 음식점이 60곳이나 된다"고 했다.

깜짝 놀랐다. '물보다 고기가 많다'는 생각이 났다.

잘 된다 하면 너도나도 물불 가리지 않고 덤벼드는 우리 민족 근성이 여기서도 빛을 발했다. 과잉 경쟁을 하다 보면 모두가 망치는데, '죽을 때 죽더라도' 하는 기질을 어이할 거나.

한강기맥 종주 구간을 16토막으로 나누었는데 이제 남은 구간은 4개 구간(두로봉→호령봉, 호령봉→운두령, 보래령→구목령, 먼드래재→화방고개)이다. 모두가 하루에 끝내기에는 거리가 멀어 내 체력으로 무리일 것 같아 부담으로 느껴졌다.

지금까지는 도로가 기맥 능선을 통과하여 접근이 편리하고 무리가 없었는데 남은 4개 구간은 그러질 못하다. 꼭 해내야 한다는 강박감이 짓눌렀다.

이제 하루에 자동차로 왕복 4시간 이상 주행을 하고, 8시간 이상 산행은 체력에 많은 부담을 주는 것 같다.

지나친 욕심은 재앙을 부른다고 했는데, 어찌해야 할지 도무지 엄두가 나지 않는다.

그래도 해야 한다.

목표가 있으면 결과가 말한다.

'의지와 도전'이 내 생활의 동기가 아니던가.

다시 다짐을 해 본다.

4구간

보래령 → 구목령

* 보래령 -2.3km- 회령봉會靈峰1309.4m 갈림길 -5.2km- 흥정산興亭山1279m 갈림길 -1.1km- 불발현佛發峴 -0.9km- 청량봉(춘천지맥분기점)1052m -1.5km- 장곡현長谷峴 -6.2km- 구목령九木嶺
= 17.2km

- 이 구간은 당일 산행이 무리인 것 같아 두 번에 나누어 산행을 했다.

<16차 산행>

보래령 → 장곡현

* 보래령 -2.3km- 회령봉1309.4m 분기점 -5.2km- 흥정산 분기점 -1.1km- 불발현 -0.9km- 청량봉(춘천지맥분기점)1052m -1.5km- 장곡현 = 11km

산행 일시 : 2015년 6월 15일 월요일

- 날씨 : 맑음
- 산행 거리 : 18.98km(11km + 980m<보래령터널 입구에서 보래령까지 기맥능선 접근> + 7km<장곡현에서 임도로 흥정리 입구까지 하산>)
- 산행 시간 : 8시간 50분(08:40-09:20 기맥 능선 접근, 09:20-16:00 기맥 산행, 16:00-17:30 임도 하산)

일정 진행

→ 06:20 - 08:20 동서울터미널에서 버스 편으로 평창 장평까지 이동

→ 08:20 - 08:40 영업 택시로 장평터미널에서 봉평 보래령터널 입구까지 이동

→ 08:40 - 09:20 보래령터널 입구에서 보래령까지 기맥 접근 산행

→ 09:20 - 16:00 보래령에서 기맥 산행을 시작하여 장곡현에서 기맥 산행 종료

→ 16:00 - 17:30 장곡현에서 임도 따라 봉평 흥정리 입구까지 하산

→ 17:30 - 17:50 콜택시 편으로 흥정리 입구에서 장평터미널로 이동

→ 17:50 - 18:05 장평버스터미널 근처 '봉평메밀국수집'에서 메밀국수로 식사

→ 18:09 - 20:10 장평버스터미널에서 버스 편으로 동서울 버스터미널 도착

구간 산세

보래령에서 장곡현 구간은 1000m 이상 봉우리(1324m봉<보래봉>, 1309.4m봉<회령산 갈림길>, 1091m봉, 1076m<자운치>, 1072m봉, 1204m봉, 1279m봉<홍정산 갈림길>, 1127m봉, 1013m<불발현>, 1052m봉<청량봉>)가 연결되어 있지만, 기맥 능선은 숲이 우거져 고산 기분을 느낄 수가 없다.

능선 길은 가파르게 오르거나 내리지 않아 비교적 산행이 수월한 편이다.

기맥연결 주의지점

이 구간은 기맥 산길이 잘 나 있는 편이다. 중간중간에 한강기맥 산길 안내 팻말도 설치되어 있다. 다만 홍정산 갈림길에서부터 수풀이 우거져 산길을 덮고 있지만 주의해서 스틱으로 헤치면서 나가면 길 잃을 염려는 없다.

산행 이야기

한강기맥 종주를 계획하면서부터 하루 분의 구간을 정하는데 가

장 고심을 한 곳이 두 군데 있었다. 한 곳이 오대산 비로봉에서 운두령까지이고, 또 한 곳이 보래령에서 먼드래재까지였다.

이 두 구간은 기맥 능선 길로 연결되는 차도가 없어 하루 낮 시간대에 산행을 하기에는 거리가 멀어 무리였다.

비로봉에서 계방산까지는 국립공원으로 생태계 보존을 위해 통행을 금지하고 있어 산행을 할 수 없으니 고민이 해결되었고, 나머지 한 구간은 별의별 방도를 다 생각해 보았다.

불발현, 장곡현, 구목령에 임도가 연결되고 있었지만 자동차 통행을 차단하고 있어, 걸어서 접근하고 하산해야 하는데 거리가 있어 만만치가 않았다.

기맥 종주가 이빨이 빠지고서는 종주를 했다고 할 수 없는 노릇이다. 할 수 있는 다른 구간을 다 끝내고 난 후에 오기에 불을 붙이기로 했다.

장곡현과 구목령 임도를 이용하기로 하고 일단 부딪쳐 보기로 했다.

기맥 능선 접근과 하산을 고려하여 보래령에서 장곡현까지, 장곡현에서 구목령까지 구간을 나누었다. 구목령에서 먼드래재까지는 저번에 산행을 마무리했었다.

오늘도 강원지방에 산발적으로 비가 내린다는 예보가 있었지만 오후라서 서둘기로 하고 산행을 나섰다.

전국에 걸쳐 가뭄 피해가 심각하다는 우려가 연일 보도되고 있다. 농작물 피해가 가장 극심해 농산물 가격이 하루가 다르게 오른다고 한다. 경기가 없어 모두가 걱정인데 물가가 오르면 민심이 날카로워진다. 민심이 곧 천심이라고 했는데 '메르스'까지 겹쳐 온 나라를 쑥대밭으로 만들고 있다.

택시 기사가 "이곳 강원지방에 그저께 50밀리 정도의 소낙비가 내렸다"고 한다. 그래서 그런지 밭 농작물들이 싱싱하게 보였다.

차창 밖으로 감자꽃이 온 밭에 흐드러지게 피어 '여기가 강원도구나' 하는 정감을 주었다. 감자는 강원도의 특산물이면서 지역의 상징이다.

"지금 여기는 봉평인데 메밀꽃이어야 하지 않느냐"고 했더니, "메밀은 감자 수확이 끝나고 8월쯤 심는다"고 했다.

택시에서 내려 산을 들어서니 상큼한 공기가 온몸에 느껴졌다. 주변에 산업시설이나 공해시설이 없는데다 청정지역에 온 산이 수목으로 가득했으니, 깨끗한 공기가 피톤치드까지 끼워서 폐를 시원하게 해준다. '산을 오면 바로 이 맛이야' 하고 심호흡을 했다. 탁한 도시 공기에 오염된 몸속을 청정공기로 세탁하는 기분이었다.

오늘 산행 구간에는 산죽이 지천으로 깔렸다. 무슨 연유인지 무성하지 못하고 초췌한 몰골로 땅바닥을 덮고 있었다. 산죽이 있는 곳에는 다른 식물들이 맥을 못 춘다. 워낙 뿌리가 촘촘하여 다른 식물이 생명을 부지할 틈을 주지 않는다. 공생의 원칙이 산죽에게는 통하지 않는구나 여겨졌다.

불발현에 '살신모정'의 홍보판이 있어 눈길을 끌었다.

'1978년 3월에 박정열(당시 38세) 여사가 불발현 고개를 넘어 친정에 오다가 1m 눈 속에 파묻혀 사경을 헤매면서도 동행한 딸(6세)을 품속에 품어 살리고 자신은 끝내 숨졌다'는 내용이었다. 이 땅의 모든 여성들에게 귀감이 되도록 한 추모비문에서 인용한 것이라고 적고 있었다.

모성 본능의 극치였다. 절절한 모정에 가슴이 뭉클했다.

여성들에게 귀감도 중요하지만, 자식들에게도 부모의 지극 정성에 대해 일깨워 주어야 한다.

부모와 자식은 천륜이라고 했는데, 세상의 흐름이 예전 같지가 않다. 부모 자식 간에도 이해타산이 계산되어 천륜이 박살난 경우가 심심찮게 보도되어 우울하게 한다.

세상의 모든 변화에 적응해야 살아남는다고 하는 경고가 천륜에는 예외가 되어야 한다. 세상이 아무리 변한다 해도 부모 자식 간의 시비나 충돌은 없어야 한다. 부모의 병 수발이 싫어서, 부모의 재산이 탐이 나서 부모와 자식 사이가 벌어진다는 것은, 예전에는 상상이나 생각조차 할 수 없는 불효의 극치였다.

부모 살아생전에 효도를 다하지 않으면 부모 세상 떠난 후에 후회한다는 '주자십회朱子十悔'가 만고의 진리인 걸 지금이라도 가슴에 새겨야 한다.

천년 고목이라는 말이 오늘 산행 구간에서도 실감이 났다. 수백 년은 넘긴 듯한 고목이 자주 눈에 띄었다. 덩치가 너무나 우람하고 커서 눈이 휘둥그레지고 감탄으로 입이 절로 벌어졌다. 모두가 낙엽수들이었다. 나무속은 뭉그러져 쩍쩍 갈라지기도 하고 텅텅 비기도 했지만 가지와 잎은 싱싱하고 활기가 넘쳤다. 옴짝달싹하지도 못하는 나무가 한자리에서 수백 년을 버티고 서서 온갖 풍상을 다 받아 이겨낸 의연함과 인내가 대견했다. 나무에게 감정이 있었다면 그 긴 세월 속에 감추어진 온갖 이야기들이 하늘의 별만큼이나 많으리라.

여태껏 산을 다녀도 이렇게 덩치 큰 나무를 보지는 못했다. 마치 태곳적 밀림을 연상케 했다.

한반도 산이 한때는 벌거숭이가 된 적도 있었는데, 어떻게 살아남았는지 신기하기도 했다. 괴상한 나무를 볼 때마다 탄성을 머금고 스마트폰으로 사진 찍느라 걷다 서고, 가다 서고 정신이 팔렸다. 한강기맥 산행에 멋진 선물이었다.

수풀을 헤치며 걸으면서 갖가지 식물들의 경이로운 성장에 눈을 맞추고 있는데, 여기저기서 산새들의 지저귐과 울부짖음이 분주했다. 귀를 쫑긋하고 들어보니 휘파람새, 박새, 뻐꾸기, 두견새 소리들이다. 분명히 경계하는 울음소리가 아니고 자기의 존재를 과시하는 듯했다. 그러다 푸드덕하는 소리에 고개를 들어 보면 암수가 사랑을 나누고도 있었다. 종족 보존을 위한 교접 계절인 듯했다. 새들도 울음소리로 서로 간에 의사전달이 됨이 분명했다. 서로가 찾고, 만나고, 기뻐하는, 자연의 생태계가 아름답고 절묘했다.

오늘 산행 구간에는 한강기맥 표시가 되어 있는 팻말이 곳곳에 있었다. 몹시 반가웠다. 아쉬운 것은 있어야 할 위치 선정이 잘못된 곳이 더러 있었다.

그간 한강기맥을 죽 다녔지만 행정구역 관할에 따라 팻말이 설치된 지역도 있고, 아예 설치되지 않은 지역도 있었다. 어떤 지역에서는 기맥 표시는 없고 방향 표시만 해 둔 곳도 있었다.

일관성 없는 행정이라 여겨져 답답했다.

산 이름 표시도 제각각이었다. 과분한 치장을 한 표석도 있고, 종이에 써서 나무에 매단 곳도 있었다. 산명은 있는데 아예 산 표시가 없는 곳도 있었다.

산림청이 나서서 일제 정비를 한번 했으면 오죽이나 좋을까 싶었다.

<17차 산행>

장곡현 → 구목령

* 장곡현 -6.2km- 구목령 = 6.2km

산행 일시 : 2015년 6월 22일 월요일

- 날씨 : 맑음
- 산행 거리 : 6.2km
- 산행 시간 : 4시간 30분(09:30-14:00)
- 산행 비용 : 227,700원(버스 18,200원<동서울-장평 11,600원, 홍천-동서울 6,600원>, 택시 80,000원<장평-봉평 흥정 30,000원, 홍천 서석 생곡-홍천터미널 50,000원>, 지원 차량 사례 110,000원<흥정-장곡현 60,000원, 구목령-생곡 50,000원>, 식대 14,000원, 간식 5,500원)

일정 진행

→ 06:20 - 08:20 버스 편으로 이동(동서울터미널 - 장평)

→ 08:30 - 09:00 영업 택시로 이동(장평 - 봉평 흥정리)

→ 09:00 - 09:30 현지인 지원 차량으로 임도 따라 장곡현으로 이동
→ 09:30 - 14:00 장곡현에서 기맥 산행 시작하여 구목령에서 산행 종료
→ 15:00 - 15:30 현지인 차량 지원으로 구목령에서 홍천 서석 생곡리까지 차편으로 이동
→ 16:30 - 17:10 콜택시 편으로 생곡에서 홍천버스터미널까지 이동
→ 17:50 - 18:50 홍천터미널에서 버스 편으로 동서울터미널 도착
→ 18:50 - 19:20 동서울터미널 인근 식당에서 식사 후 귀가

구간 산세

이 구간은 산맥이 높지만 험하지 않아 산행하기에는 무리가 따르지 않는다. 장곡현930m을 시작으로 1089m봉, 1098m봉, 1181m봉, 1190m봉, 1106m봉, 구목령1000m에 이른다.

기맥연결 주의지점

장곡현에서 구목령까지의 산길은 험난하거나 길을 놓칠 염려는 없다. 산맥이 1000m 이상 고지대이기는 해도 오르고 내림이 심하지 않고, 숲도 우거져 고산임을 느낄 수가 없다.

다만 보래령에서 먼드래재까지는 32km 이상으로 중간에 임도

이외에는 탈출로가 없기 때문에 사전에 충분한 계획이 있어야 한다.

산행 이야기

농사철인데 가뭄이 너무 심하다. 어떤 지역에서는 40년 만에 처음 겪어보는 가뭄이라고 한다. 계곡이 마르고, 강바닥이 맨살을 드러내 놓고, 논바닥이 거북 잔등 모양으로 금이 가고, 나뭇잎들이 생기 없이 축 늘어졌고, 밭작물이 맥을 못 쓰고 쪼그라졌다. 보기만 해도 안쓰럽고 속이 답답했다. 거기에다 메르스 전염병까지 겹쳐 온 나라가 아우성이다.

물이 풍족할 때는 전연 물의 고마움을 모르다가 막상 물이 부족하니 사방에서 난리다.

이런 뒤숭숭한 분위기에서 산행을 하려니 마음이 편하질 않았다. 기맥 종주 산행에 목표를 두고, 더운 한여름 날을 피해서, 장마가 들기 전에, 산길에 수풀이 무성해지기 전에, 날파리 모기들이 기승을 부리기 전에 마무리를 해야 한다는 쫓김에 산행을 나섰다.

날씨가 무더워 땀이 비 오듯 하고, 산길에 수풀이 우거져 길도 덮이고, 길을 헤치다 옷이 몸에 착착 감기고, 얼굴에 집요하게 달라붙는 날파리 모기들이 성가시게 하고, 자칫하면 장맛비를 만나게 되는 유월부터는 산행이 여간 불편하지가 않다. 온 산에 숲이 무성하여 걷는 내내 사방을 볼 수 없으니 갑갑하고 답답하기도 하다.

그래도 비는 와야 한다는 생각이 간절했다. 비는 민심과도 통한다. 가뭄이 계속되어도, 홍수가 져도 민심은 흉흉하다. 아무리 소득이 높고 생활환경이 풍요로워도 먹을거리가 부족하면 사람들은 긴장을 하고 날카로워진다.

저번에 장곡현까지 산행을 했기에 오늘 구간은 짧아서 마음이 느긋했다. 장평에서 택시 편으로 봉평 흥정리로 가는 길목에 대형 공사가 한창이었다.

기사에게 물었더니 평창 동계올림픽을 대비해서 도로를 확장하고 철로를 개설하는 공사란다. 한적한 산촌이 미래를 향해 살아 움직이는 현장이었다.

흥정리 계곡을 들어서니 펜션이 줄지어 수십 동이 장사진을 치고 있었다. 가히 펜션타운이었다. 전국 어디에서도 볼 수 없는 장관이었다. 흥정산, 청량봉 심산유곡을 훑어 내리는 청정수 계곡이 여름철 피서족들을 불러 모으기에는 딱 좋은 곳이었다. 매년 피서 차량들이 좁은 길을 꽉 메워 아수라장이 따로 없다고 했다.

그런데 문제가 생겼단다.

"예년 이맘때쯤이면 펜션마다 예약이 꽉 찼는데 금년에는 '메르스' 때문에 예약이 뚝 끊어졌다"고 택시 기사가 풀이 죽어 말했다. 택시 이용 승객이 뜸해 그런 모양이었다.

매사가 한쪽이 나쁘면 또 한쪽은 좋은 법인데, 메르스는 아직까지도 치료약이 개발되지 않고 있다 하니 제약회사나 약국이 좋을 이유도 없고, 양쪽 다 나쁘게만 하는구나.

장곡현에서 기맥 산행이 시작되었다.

장엄한 산맥의 연속이었다. 무성한 숲이 가려 멀리 바라볼 수는 없고 산등성이 아래로 내려다보니 무척이나 깊어 보였다.

첩첩산중에 오직 정적을 깨는 것은 산새소리뿐이었다. 여태껏 한강기맥을 100㎞ 이상 산행하면서 만난 등반객은 두서너 사람에 불과했다.

나는 산행을 단순 산행과 목적 산행으로 구분한다.

단순 산행은 건강 다짐과 힐링을 목적으로 산행을 하는 것이고, 목적 산행은 나름대로 어떤 테마를 가지고 관찰과 확인을 위한 산행이다.

이번 한강기맥 산행은 한반도 산맥의 흐름을 각종 자료를 통해 점검하고, 현지를 산행하면서 현장의 느낌을 체험하는 계기로 한 것이다.

살아온 세월과 현재의 나와 확인되지 않는 미래를 산천에 펼쳐 놓고, 하나하나 짚어보는 계기가 되어 삶의 무게가 실렸다.

이 구간에도 산죽이 무성했다. 다행히 줄기가 높게 자라지 않아 걷기에는 지장이 없어 좋기는 했다. 자람이 엉성해 적지가 아닌 듯했으나, 다른 이유가 있지 않나 싶기도 했다. 동식물 모두가 생태환경에 맞지 않으면 부실하다. 사람도 마찬가지다. 잘 살려면 환경을 잘 만나야 한다.

자연은 있는 그대로를 보여준다. 그리고 받아들인다. 누구의 간섭이나 도움이 없다. 땅에 뿌리를 박고 있어 이동성이 없어도 주어진 환경에 잘도 적응한다. 적응이 살아남는 비결이다.

전망 바위가 있어 아슬아슬하게 올라서서, 탁 트인 사방을 둘러보니 천하 명당이 따로 없었다. 가슴이 후련했다. 숲 속에서 숲을 보면 곧고 휘어진 나무둥치가 운치가 있다면, 숲 위에서 숲을 내려다보는 녹색 풍경은 뻗고 휘어진 산등성이와 함께 조화가 절묘했다. 두 팔을 벌리고 멋진 번지점프를 하고 싶은 충동이 일었다. 자연이 연출한 순수 아름다움의 극치였다.

구목령에 도착해서, 미리 약속한 현지인의 자동차 편의를 받기 위해 전화를 하려는데, '난청지역'이라는 메시지가 떴다. 심심산골인 탓이다. 난감했다. 전연 예상하지 못한 상황이 발생했다.

임도여서 하산하기에는 무리가 없겠다 싶었지만 무려 5㎞ 정도를 더 걸어야 하니, 교통 연결에 큰 불편이 예상되어 조바심이 났다.

하는 수 없이 걷기로 했다. 배낭을 들쳐 메고 나서는데 고요한 산속에서 자동차 소음이 들려왔다. 약속한 시간이 있었기에 혹시나 했는데 약속을 지킨 것이다. 세상에 만남의 반가움이 그렇게 진하게 느껴질 수가 없었다. 자초지종을 이야기하니, 자기는 구목령이 난청지역이라는 것을 알고 있었기에 농사일을 하다 말고 약속시간에 맞추어 왔노라고 했다. 너무 고마웠다.

도시 생활을 하다가 귀촌한 지 5년이 되었는데 이제 겨우 정착이 되었다고 했다. 보통 귀촌이나 귀농은 안사람이 반대해서 분란이 많은데, 자기는 집사람이 먼저 권유를 했기 때문에 적응이 수월했다고도 했다.

식자재는 유기농으로 손수 농사를 짓고, 사철 따라 산에서 나물이나 약초를 구해다 먹으니 건강 유지에는 더할 나위가 없단다. 더더욱이나 공기가 너무 맑고 신선해서 그만이란다. 간혹 도시에 나들이를 가면 숨이 턱턱 막힐 정도로 답답하다고도 했다.

이따금 산에서 귀한 약초나 벌통을 만나면 횡재를 하는 재미가 쏠쏠하단다.

요즘 귀촌이나 귀농이 도시인들에게 관심의 대상이 되어 유행병

처럼 번진다고 한다. 지방자치단체에서도 지역개발과 인구 증가를 위한 시책으로 각종 프로그램을 만들어 두고 적극 장려한다는 매스컴 보도를 자주 접하기도 한다.

귀촌자의 집에서 자연산 오미자차까지 대접을 받고, 고맙다는 인사를 한 후에 콜택시로 홍천버스터미널을 거쳐 귀경했다.

5구간

구목령 → 먼드래재

* 구목령九木嶺 -3.5km- 삼계봉 분기점1105m -2.8km- 봉복산鳳腹山1034m 갈림길 -3km- 원넘이재 -0.8km- 운무산雲霧山980.3m -4.8km- 먼드래재 = 14.9km

- 이 구간은 당일 산행이 무리인 것 같아 두 번에 걸쳐 나누어 하기로 했다. 구목령 접근이 애매하여, 먼저 교통 연결이 편리한 원넘이재에서 먼드래재까지 하고, 그 다음에 구목령에서 원넘이재까지 산행을 했다.

<15차 산행>

구목령 → 원넘이재

* 구목령 -3.5km- 삼계봉 분기점 -2.8km- 봉복산1034m 갈림길 -3km- 원넘이재 = 9.3km

산행 일시 : 2015년 6월 8일 월요일

- 날씨 : 흐림
- 산행 거리 : 10.9km(9.3km<기맥 길> + 1.6km<하산길>)
- 산행 시간 : 6시간 40분(09:30-15:30<구목령-원넘이재>,
  15:30-16:10<원넘이재-홍천 서석면 청량리 청경지>)
- 산행 비용 : 171,700원(버스 14,200원, 택시 97,000원, 사례비
  50,000원<생곡-구목령>, 간식 10,500원)

일정 진행

→ 06:40 - 07:40 버스 편으로 이동(동서울터미널 - 홍천터미널)

→ 07:40 - 08:20 영업 택시로 홍천버스터미널에서 홍천 서석면 생곡2리 생곡저수지까지 이동

→ 08:50 - 09:30 생곡저수지 윗마을에서 구목령까지 현지인 도움을 받아 SUV차로 이동

→ 09:30 - 15:30 구목령에서 산행을 시작하여 원넘이재까지 기맥 산행

→ 15:30 - 16:10 원넘이재에서 하산, 청량리 청경지<저수지>까지 하산 산행

→ 17:10 - 17:45 콜택시 편으로 청경지에서 홍천버스터미널까지 이동

→ 18:00 - 19:00 버스 편으로 귀경

구간 산세

이 구간은 거의가 1000m 이상 등고선을 끼고 있다. 1000m(구목령), 1031m봉, 1100m봉, 1075m봉, 1070m봉, 1105m봉(삼계봉), 1125m봉(덕고산), 1094.2m봉, 1031m봉이 연이어 있지만, 가파르게 오르내리지는 않는다. 다만 덕고산 정상 주변은 바위가 있다. 안전을 위한 밧줄도 매어져 있다.

기맥연결 주의지점

구목령을 기맥 산행 기점으로 잡을 경우에는 구목령까지 접근방법을 충분히 고려해야 한다. 홍천 서석면 생곡저수지까지는 교통(차편) 연결이 가능하지만, 이후 구목령 연결 임도는 입구에 차단기가 설치되어 있어 차량 이용이 되지 않는다. 여기서부터 임도를 따라 보행 산행을 해야 하는데 거리가 만만치 않다. 체력과 기맥 산행 시간을 충분히 고려해야 한다.

사전에 현지 사정을 충분히 점검하고 대비해야 한다.

구목령에서 원넘이재까지는 중간중간에 팻말이 있고 산 리본도 매어져 있어 길 찾기에는 큰 불편이 없다. 다만 산죽이 우거진 곳에서는 길 연결에 주의가 필요하다.

산행 이야기

한강기맥 산행을 계획하면서 가장 신경이 쓰인 구간이 오대산 두로봉에서 운두령까지 23.7km, 보래령에서 먼드래재까지 32.1km, 두 구간이었다. 구간 거리가 길어서 당일 산행이 어렵겠다고 여겼기 때문이다.

비로봉에서 계방산까지는 국립공원으로 자연 생태계 보존을 위해 현재는 산행이 금지되어 있어 부득이했지만, 보래령에서 먼드래재까지는 중간에 기맥을 가로지르는 도로가 없어 고심에 고심을 거듭했다.

방법은 임도가 연결되는 지점에서 산행 거리를 나누어야 했다. 그마저도 현재는 산림보호를 위해서 임도 입구에 시정 장치가 된 차단기가 설치되어 차량 이용은 어렵게 되어 있었다.

선행자들이 구목령을 산행 들머리로 하고 있음을 참고로 하여 구목령에서 먼드래재까지를 한 구간으로 정했지만, 중간에 운무산이 만만치 않다는 산행 정보에 지레 겁을 먹고 날머리가 될 수 있는 원넘이재에서 구간을 잘라 두 번으로 나누었다.

구목령 접근에 행운을 바라며 집을 나섰다. '산행을 하면서 요행을 바라는 바보가 어디 있나' 하면서도 자제가 되지 않았다.

홍천터미널에서 지난번 원넘이재를 가기 위해 오대산샘물까지 이용하면서 안면을 익힌 택시 기사를 찾아 다짜고짜로 "구목령 까지 가자"고 했다.

기사는 어리둥절하면서 "갈 수 있을는지 모르겠다"고 했다. "차단기가 열려 있으면 갈 수 있고, 시정이 되어 있으면 갈 수 없다"고 했다.

"일단 가보자"고 했다.

만일에 차단되어 있으면 걸어서라도 가겠다는 각오를 했다. 전연 생소한 곳에 산세나 거리도 모르면서 객기를 부렸다. '원래 무식한 사람이 용감하다'고 한다. 바로 오늘의 내 모습이다.

지리 정보를 얻기 위해 생곡마을 이장을 찾았으나 띄엄띄엄 있는 집들에 사람을 찾을 수가 없었다. 마침 길가에서 자동차를 손질하는 분이 있어, 대강 사정을 이야기하고 "방법이 없겠느냐"고 했더니, 자기가 도와주겠다고 해서 너무 흔감했다.

임도가 험악해서 택시로는 갈 수도 없고, 차단기가 시정이 되어 있어 일반 사람은 갈 수도 없다고 했다. 마을 사람들은 특별한 연고로 차단기를 열 수 있다고 했다.

"거리가 얼마나 되느냐"고 했더니, 자동차로 3,40분 가야 된다고 했다. "어휴, 살았다" 싶었다.

택시를 돌려보내고, 도와주겠다는 분이 잔일을 끝내는 동안 서성이고 있는데, 바로 옆에 있는 자기 집에 가서 차를 한 잔 하자고 했다. 집에는 부인이 있어 반갑게 맞아 주었다.

자기들도 서울에서 도시 생활을 했는데 5년 전에 귀촌을 했다고 한다. 보통 귀촌이나 귀농은 부인이 반대를 한다는데, 이 집은 부인이 먼저 제안을 했다고 한다. 직장을 그만두고 딱히 하는 일도 없이 복잡한 도시에 있기보다는 자연을 벗할 수 있는 산골이 좋을 것 같아 이곳에 정착하게 되었다고 했다. 소득보다는 소일과 생계를 위해 밭농사를 좀 짓고, 계절 따라 산에 가서 나물이나 열매를 따서 먹기도 하고, 친지에게 보내기도 한단다.

지금 마시는 오미자차도 직접 근처 산에서 채취한 것을 담근 원액이라고 했다. 달면서도 새큼한 짙은 맛이 일품이었다. 순수 자연산의 참맛이 예사롭지 않았다. 마침 손수 채취한 고로쇠물이 있다면서, 꽁꽁 언 2ℓ 물병을 주면서 산행 중에 마시라고 했다. "이런 고마울 데가……."

SUV차로 40여 분 걸려 구목령에 도착했다. 고마움의 정표로 적당히 사례를 하고 헤어졌다. "인연이 되면 또 후일에 만나자"고 작별 인사를 했다.

구목령九木嶺은 9그루의 큰 나무가 있었다고 해서 붙여진 이름이라 했는데, 지금은 주변에 큰 나무가 보이지 않았다. 천수를 다해 자연사했는지, 인간들의 농간으로 사라졌는지 알 수가 없었다.

임도는 포장만 하면 바로 도로로 쓰일 만큼 번듯했다. 평창 봉평과 홍천 서석으로 연결되는 요충지인데 워낙 산골이라서 외면당하고 있었다.

오늘 산행 구간은 거의가 1000m 수준의 산맥 연결로 고산 분위기를 느낄 수가 없었다. 숲이 무성하여 먼 곳을 볼 수 없어 높이를 가늠할 수 없었지만, 간간이 깊은 골짜기가 내려다보이면 아찔했다. 사실 여름 산행은 숲 속을 걷고 있어 산행 맛이 덜하다. 그런데다 거미줄, 날파리들이 극성을 부려 짜증스럽기도 하다.

산길 주변에는 산죽이 지천이었다. 일명 조릿대라고 불리기도 하는 산죽이 온 산을 덮고 있었다. 뿌리가 거미줄 같이 촘촘하여 다른 식물이 얼씬도 못한다. 어쩐 일인지 하나같이 잎들이 생기를 잃고 축 처져 있었다. 산죽이 엉겨 산행 길이 묻혀 있는 곳이 더러 있었다. 스틱으로 헤집고 지나지만 혹여 길을 잃을까 봐 조마조마했다. 첩첩 고산에서 산길을 놓치면 그런 낭패가 없다.

삼계봉三界峰이 예사롭지 않았다.

한강기맥, 춘천지맥, 영월지맥이 이곳에서 만나면서 평창군, 홍천군, 횡성군을 가르는 경계를 이루고 있다. 평창강과 섬강 발원지도 삼계봉 품속에 있다.

백두대간을 따르다 보면 삼도봉三道峰이 있다.

충청북도, 경상북도, 경상남도를 가르는 산맥이다. 강, 하천, 산맥이 행정구역을 나누는 주요 경계가 되는 것은 자연스러울 수도 있지만, 어쩌다 그로 인해 말의 악센트나 생활 풍속이 다른 것을 보면 신기하다.

조영남의 '화개장터'가 흥얼거려졌다.

산 족보에도 없는 덕고산德高山 치장이 요란했다. 1125m 높이에 제법 바위 치장도 했는데 지도에는 흔적이 없다. 산 표석도 없이, 산꾼들이 애정으로 나무둥치에 산명을 적어 매달아 놓은 산 리본들이 즐비했다.

산맥 산행을 하다 보면 산명 표석, 이정 안내 팻말들이 가지각색이다. 그나마 관리도 제대로 되지 않아 흉물스러운 데가 한두 곳이 아니다. 산은 자연이고, 관리는 행정당국인데 행정구역이 다르다고 '나는 나, 너는 너' 식이면 진정한 국토 사랑을 외면한 처사다. 전국 어느 산을 가도 일관성 있고 깔끔한 관리가 되기를 바라는 마음이 간절하다. 자연의 아름다움을 인간이 해쳐서야 체면이 아니다.

간혹 아름드리나무들이 발길을 멈추게 하고 세월의 흔적을 더듬어 보게 했다. 수백 년은 됨직한 자태가 위압감을 느끼게도 했다. 세월을 이기지 못해 그 자리에 쓰러져 앙상한 몰골을 하고 있는 모습에서 '생명의 끝장은 인간과 다를 바 없구나' 싶어 허망하기도 했다.

<11차 산행>

원넘이재 → 먼드래재

* 원넘이재 -0.8km- 운무산雲霧山980.3m -4.8km- 먼드래재
  = 5.6km

산행 일시 : 2015년 5월 21일 목요일

- 날씨 : 맑음
- 산행 거리 : 7.4km(5.6km + 1.8km<원넘이재 종주길 연결>)
- 산행 시간 : 5시간 45분(09:15-15:00)
- 산행 비용 : 125,100원(버스 13,300원, 택시 100,800원, 간식비 10,000원)

일정 진행

→ 06:40 - 08:00 동서울터미널에서 버스 편으로 홍천버스터미널로 이동

→ 08:10 - 09:00 영업 택시로 이동(홍천터미널에서 횡성 청일면 속실리 오대산샘물 공장 지나 산장가든까지)

→ 09:15 산행시작(운문산장가든 앞)

→ 10:00 원넘이재 도착

→ 10:00 - 15:00 기맥 산행(원넘이재 → 먼드래재)

→ 15:30 - 16:15 콜택시 편으로 홍천버스터미널 도착

→ 16:40 버스 편으로 귀경(홍천 - 동서울터미널)

구간 산세

원넘이재에서 운무산 정상까지는 바위와 수림이 어우러져 있다. 정상을 지나면서도 '능현사' 하산 갈림길까지는 몇 군데 너덜길이 있다.

원넘이재에서 757m봉, 854m봉, 980.3m봉(운무산), 951m봉, 875m봉, 869m봉, 804m봉, 700m봉, 706m봉을 거쳐야 먼드래재에 이른다.

기맥연결 주의지점

원넘이재에서 운무산 정상까지는 바위를 오르고 내리는 험한 구간이다. 안전을 위한 밧줄이 매어져 있다. 능현사 하산 갈림길에서부터는 최근 산길 공사가 한창이었다.

구간 중에 기맥에서 갈라져 나가는 분맥 분기점이 많은 편이다. 능선 갈림길에서 기맥 길을 잘 살펴야 한다. 산 리본이 양방향으로 매어져 있어 혼란을 주는 지점도 있다.

산행 이야기

당초 구목령에서 먼드래재까지 구간 산행 계획을 정했는데, 선행자들의 산행기를 훑어보니 운무산 정상을 오르고 내리는데 험한 바윗길에 밧줄이 여기저기라 해서 지레 주눅이 들어, 내 체력에 무리가 따를 것 같아 구간을 잘라 산행하기로 했다.

기맥 접근이 가능한 원넘이재에서 먼드래재까지를 먼저 산행하기로 했다.

홍천버스터미널에서 택시 기사에게 "횡성 청일면 '오대산샘물' 공장을 아느냐"고 물었더니 잘 모른다고 했다. 산행지도를 펴서 설명했더니, "가 보자"고 해서 난감했다. 저번 소삼마치를 접근하는데 택시 기사가 쉽게 말해 낭패를 당한 일이 생각났다.

몇 번의 경험이지만 그 지역 사람이 그 지역 지리를 잘 모르는 경우를 많이 당했다. 누구나 자기가 가 보지 않은 지역이나 길은 모르게 마련이다.

그 지역 사람이라고 자기 지역을 다 아는 경우는 없다. 그 고장 사람이니 그 지역 지리를 잘 알 것이라는 선입감이 잘못인데도, 판단을 내 기준으로 잰다.

되레 "이 고장에 살면서 그것도 모르느냐"고 핀잔을 준다. 모르니 모른다고 했을 뿐인데, 상대는 황당할 것이다.

세상을 자기 기준으로 살지 말아야 한다는 처세훈이 있는데도 막상 부딪치면 그러질 못하다.

다행히 이번에는 택시가 제대로 목적지 길을 찾아왔다.
'운무산 등산 안내판'이 입구에 세워져 있는 것으로 보아서 등산객을 위한 배려가 되어 있는데, 막상 등산로는 철문으로 닫혀 있었다. 왜 철문을 해 두었는지 짐작이 되지 않았다. 자연 속에 인위적인 시설은 그 이유가 있을 텐데 등산길을 막고 있어 어리둥절했다.
철문 기둥을 돌아서 산행을 시작했다.
청정 계곡이라서 공기가 아주 상큼했다. 온몸이 가볍게 느껴지면서 기분도 상쾌했다.

'원넘이재'는 그 옛날에 고을 원님이 넘었다 해서 지어진 이름이라고 하는데 정확한 유래는 알 길이 없다. 산행을 하다 보면 전설이나 유래가 있었다는 곳이 더러 있다.
지명 유래도 문화유산이다. 전설이나 유래가 있는 곳에는 그 내용이 담긴 안내판이라도 있으면 지역의 역사와 흔적을 이해하는데 큰 몫을 할 것 같다.
나만의 생각일까.

일 년 내내 안개나 구름이 덮여 있어 운무산雲霧山이라고 했다는데, 오늘은 산 전체가 깔끔하게 알몸을 드러내고 있어 기대와 상상은 빗나갔다.

'기대가 크면 실망도 큰 법'이라고 중얼거리면서 산행을 이어갔다.

운무산은 바위와 수목으로 어우러진 형국인데, 등산길에서는 산 전체 모양을 조망할 수 없어서 운무산의 자태를 마음에 담을 수 없었다.

운무산 정상을 오르는데 바위 틈새로 밧줄이 일곱 군데나 매어져 있어 매달리다시피 젖 먹던 힘을 다해 치고 올랐다.
아차 하면 낭패를 볼 것 같아 한 발짝 한 발짝 조심조심했다. 산에서 어설픈 만용을 부리다 보면 사고를 당하기 십상이다.

생소한 곳 산행은 가서 부딪치면서 난관을 해결해야 한다. 현장을 잘 살펴서 덤벙대지 말고 마음을 다잡아 체력에 맞게 접근해야 한다.

산은 온통 녹색 옷을 입었다.

기맥 산행을 시작한 3월에는 낙엽 진 나무들이 맨 가지만 내놓고 죽은 듯이 앙상했는데, 계절이 바뀌자 싱그러운 잎들을 매달면서 연녹색이 짙게 온 산을 덮고 있어 보기만 해도 풍요로웠다.

자연은 신성한 생명이고, 무진장한 가능성이다. 그 누구도 거역할 수 없는 신비의 현장이다. 그 현장을 보고 느끼면서 걷고 있는 나도 극히 작은 자연의 한 부분임이 분명했다.

운무산 정상을 지나자 철쭉나무가 능선 길에 줄을 서서 꽃을 달고 있었다. 제법 큰 나무들이었다. 철쭉꽃 사열을 받는다고 생각하니 내가 무슨 산속의 제왕이 된 듯한 기분이었다. 해발 900m 이상이어서 낮은 기온 때문에 늦게 핀 것 같다. 온 산이 녹색 일색인데 녹색 커튼 벽에 철쭉꽃 그림을 걸어둔 듯 운치가 돋보였다. 자연은 이래도 저래도 어색하게 보이지 않아 멋졌다.

한강기맥 산행을 하면서, 유달리 진달래와 철쭉이 능선에 많이 서식하고 있다는 느낌을 받았다. 생뚱맞게 다음 제철에 또 한 번 산행을 와서 화려 요란한 꽃길을 걸어야겠다는 생각이 멈추어지지 않았다.

능선 길이 '능현사' 갈림길을 지나면서 산길 넓히기 토목공사를 하고 있었다. 얼핏 보아서 임도를 만드는 것 같았는데 그도 아닌 듯 했다. 군데군데 나무 계단도 만들고 급경사에는 안전밧줄도 설치했다. 공사는 먼드래재까지 연장이 되고 있었다. 첩첩산중에 선뜻 이해가 가지 않는 공사였다.

산길 안내 팻말이 몇 군데 허술하게 관리되고 있었다.

누구의 소행인지 고의적으로 팻말을 훼손하기도 했고, 망가진 팻말이 방치된 곳도 있었다.

초행 산길을 가면 산길 안내판과 안내 팻말이 크게 도움이 된다. 이왕이면 갈림길에 설치하면 산길 안내가 제격인데 싶은 곳이 자주 눈에 띄었다.

행정당국에서 산길 안내 표지 설치와 사후 관리에 관심을 가져 주었으면 하는 생각이 들 때가 많다. 비록 보이지 않는 산속이지만 조그마한 관심과 배려가 자기 고장의 수준을 내 보인다.

산 안내 표지가 깔끔하게 잘된 구간을 지나면 그 고장의 수준이 높아 보인다.

6구간<18차 산행>

먼드래재 → 화방고개(장승재)

* 먼드래재 -2.2km- 여우재 -2.2km- 수리봉959.6m -5.6km- 대학산876.4m -3.5km- 진지리고개 = 11.5km
* 우천에다 날이 어두워 진지리고개에서 산행종료

산행 일시 : 2015년 6월 25일 목요일

- 날씨 : 낮에 맑음, 해가 지면서 가랑비
- 산행 거리 : 12.5km(종주길 11.5km + 1km<하산길>)
- 산행 시간 : 12시간 50분(08:30-21:20)
- 산행 비용 : 112,200원(버스 26,400원<동서울에서 홍천 왕복>, 택시 75,000원<홍천에서 먼드래재 50,000원, 진지리 고개 입구 444번 지방도에서 홍천25,000원>, 간식 10,800원)

일정 진행

→ 06:40 - 07:40 버스 편으로 동서울터미널에서 홍천까지 이동

→ 07:40 - 08:30 영업 택시로 홍천터미널에서 먼드래재로 이동

→ 08:30 - 21:20 먼드래재에서 산행 시작하여 여무재, 수리봉, 어론산, 삼계봉, 대학산을 거쳐 진지리고개 인도에서 진지리고개 입구 444번 지방도로까지 산행
→ 21:40 - 22:00 콜택시 편으로 홍천버스터미널까지 이동
→ 22:20 - 23:20 홍천터미널에서 버스 편으로 동서울터미널 도착

구간 산세

전반적으로 산세가 험하고, 오르고 내리는 급경사가 심한 편이다. 특히 수리봉과 대학산 전후가 그러하다.

수리봉959.6m을 정점으로 513.9m봉, 922.8m봉(어론산), 935.1m봉(삼계봉), 790m봉, 876.4m봉(대학산), 690m봉, 599m봉을 비롯해 10개가 넘는 봉들이 연이어져 있다.

기맥연결 주의지점

이 구간은 전연 산길 안내 표지판이 설치되어 있지 않다. 오로지 선행자들이 매단 산 리본에 의존할 수밖에 없다. 자칫 방심하다가는 기맥 길을 놓치는 경우를 당할 수 있다.

먼드래재를 지나는 도로 개설 시 산맥을 끊어 놓아서 기맥 능선 진입이 애매하고 무척 가파르다.

먼드래재에서 능선 진입은 도로 절개지 시설이 끝나는 가장자리에서 철책 시설 경계를 따라 가파르게 올라야 한다. 선행자들이 딛고 올라간 희미한 흔적이 있다.

언덕 우측 산 위에 통신 시설이 보이는 방향으로 접근하면 기맥길을 만난다.

710m봉 근처에 오르자 곧 U자로 꺾어지는 지점을 잘 살펴야 한다. 급경사가 낭떠러지 수준이다. 줄이 매어져 있지만 자칫 안전사고가 예상되는 지점이다.

대학산 정상 주변에는 바위들이 엉기어 있고 낙엽이 산 바닥에 넓게 깔려 있어 산길 찾기가 무척 당황스럽다.

산행 이야기

오늘은 우정 산행이다.

'나는 산행을 하다 죽어도 좋다'고 말할 정도로 산을 즐겨 찾는 지인이 있어, "오늘 내가 한강기맥 종주 코스를 끝마치는데 동행을 하고 싶으니, 어떠냐"고 했더니, 두말 않고, "오케이" 하고 동참해 주었다.

그, 조용원 선생은 2004년 1월 1일 한강기맥 종주 산행을 이 구간에서 끝마쳤다고 했다. 우연의 일치다.

몇 번의 산행을 함께 했지만, 그는 관록상 단연 한국의 산 마니아로서 전국의 산맥을 두루 다녔다. 명실공히 산행의 달인이다.

그와 함께 산행을 하니 든든하고 편안했다.

그런데 문제가 생겼다. 십 년이면 강산도 변한다고 했는데, 그가 이 구간을 산행했지만 10년의 세월이 지나면서 기억이 희미해졌고, 산천도 많이 변화되어 있었다. 기맥 산길을 잘못 찾아 왔다 갔다 하느라 체력이 소모되고 시간 낭비도 있어 무려 12시간을 산에서 헤맸다. 밤이 되었고 비도 내렸다.

대학산 못 미쳐서 날이 어둡기 시작했다.

뒤처져 오던 그에게서 전화가 왔다. 자기는 "랜턴 준비가 안 되었으니 여기서 탈출하겠다"고 했다. "그러라"고 했지만 갑자기 긴장이 되었다. 초행길에 어둠을 헤치고 깊은 산속을 혼자 가야 한다는 초조감에 생땀이 다 났다. 몸은 극도로 지쳐 있었다. 혹시나 도움이 될까 해서 무릎보호대까지 했는데 가파른 산길을 오르고 내리다 보니 다리에 쥐(근육경련)까지 덮쳤다. 가진 물도 바닥이 났다. 온몸의 수분은 땀으로 다 빠졌다. 거의 탈진 상태였다. 조난 직전이었다. 무모함의 극치였다. 하지만 어쩔 수 없었다. 아무도 도와 줄 사람이 없으니 이판사판이다. 이를 악물고 의지 하나만으로 버티면서 다리를 끌다시피하여 진지리고개 임도에 닿았다.

오늘 산행은 한강기맥 산길 중 가장 힘들었다.

심폐기능이 약한 나에게는 급경사 오르막이 숨이 차서 코 호흡으로는 감당이 되지 않았다. 입으로 호흡을 하다 입을 벌리고 헐떡거려야 하니 온몸이 쉽게 지쳤다.

먼드래재에서 출발부터 70도 경사지를 치고 올랐다. 한 고개 넘어가니 또 한 고개가 코앞에 기다리고 있었다. 속칭 깔딱 능선의 연속이었다. 높게 올랐다가 깊게 떨어지는 고도차가 심한 능선에 질렸다. 가야 하고 갈 수밖에 없는 산행이니 참고 걸어야 했다.
각종 자료를 통해서 힘든 구간이라는 것을 짐작은 했지만 막상 부딪쳐 보니 기가 질렸다.

경사도가 어림잡아 7,80도가 되니 오르다 내리다 넘어지지 않으려고 다리에 힘을 모으고 등을 굽혀 한 발 한 발 체중을 밀어 올리니 중노동도 이런 중노동이 없겠다 싶었다.

이런 사정을 집에서 마누라한테 이야기를 하면, "누구를 위하여 종은 울리나. 사서 고생을 하는데 누가 말려. 고생 끝에 낙이 온다고, 끝까지 잘 해보이소." 하고 약을 올린다.

이 구간을 포기할까 하다가 막상 '한강기맥 종주'라고 해 놓고 한 곳이 빠지면 이어진 종주는 미완성으로 남는다. 두고두고 후회하거나 아쉬움에 늘 마음이 편치 못할 것 같아 용기를 냈다.

계획을 세웠으면 해 보고 결과에 승복하는 것으로 익숙해져 있으니 달리 도리가 없었다.

험한 산에 오면 산을 제대로 보지도, 느끼지도 못한다. 그저 오르고 내리는 데 정신을 쏟다 보면 주변을 볼 짬이 없다.

산에 와서 산을 보지 못하니 '풍요 속의 빈곤'을 실감해야 한다. 온 천지가 산인데 산속에서 산을 보지 못하는 이유가 있다.

- 산길이 가파르면 넘어지지 않으려고 땅바닥을 보느라 한눈을 팔 수가 없다.
- 돌덩이나 바위로 길이 나 있으면 조심하느라 옆을 볼 수가 없다.
- 길이 희미하거나 식별이 잘 되지 않으면 길 찾느라 정신이 없다.
- 밧줄에 매달려 급경사를 오르고 내릴 때 안간힘을 쓰다 보면 산이 보이지 않는다.
- 그룹으로 산을 가면 앞서거니 뒤서거니 해서 졸졸 따라다니다 보면 산을 제대로 볼 수가 없어 그저 '갔다 왔다'는 실적 쌓기에 만족해야 한다.

오늘 구간에는 군데군데 싸리꽃이 만발했다. 키 높이의 싸릿대가 군락을 이루고 가지 끝에 홍자색 꽃이 올망졸망 매달려 있는 모습이 무척 아름다웠다. 주변에 전부가 녹색 천지인데 비록 화려하지는 않았지만 시선과 마음을 사로잡았다.

어릴 적 추억이 되살아났다.

옛날 시골에서는 싸릿대가 살림살이의 한 도구 역할을 톡톡히 했었다. 싸릿대로 마당을 쓰는 빗자루도 만들고, 발채도 만들어 지게 운반에 요긴하게 사용했다.

싸릿대는 줄기가 가늘고 질겨 잘 부스러지지도 않아 돈 들이지 않고 산에서 꺾어다가 손으로 만들었다. 옛사람들의 생활 지혜가 예사롭지 않았다.

60년대까지만 해도 빗자루는 우리네 생활에서 빠질 수 없는 생활필수품이었다. 방에는 방 빗자루, 부엌에는 부엌 빗자루, 마당에는 마당 빗자루가 용도별로 따로 있었다. 모두가 자연에서 채취한 재료들이었다. 방비는 갈대로, 부엌비는 수숫대로, 마당비는 싸릿대나 대나무로 손수 다듬어 만들었다. 간혹 5일장에 가면 팔기도 했다.

어릴 적 아침에 일어나면, 마당을 쓸라는 부모님의 분부에 집안마당을 쓸었다. 농촌 가옥이라 하루 종일 어질러진 넓은 마당을 차근차근 쓸고 나면, 마치 칠판에 가득 쓰인 글자를 지운 듯 깔끔한 모습에 대견해 하던 추억이 아련하게 떠올랐다. 순수한 자연에 순응하던 그 시절이 그리웠다.

지금에야 모든 생활용품이 화학 재료로 기계에서 만들어져 사람 냄새를 맡을 수 없고, 아파트 주거에다 포장된 마당이니 빗자루 용도가 그리 많지를 않아 빗자루의 고마움을 알 길이 없다.

오늘 산행은 초장에 두 번이나 길을 놓쳐 엉뚱한 길을 가다 되돌아오는 바람에 일찌감치 체력이 소모되고 시간도 낭비하여 탈진에다 야간 산행까지 하게 되었다.

낯선 산행에서 가장 난처한 것은 가야 할 길을 잃거나 놓쳤을 때이다. 특히 갈림길이 나설 때는 어느 방향으로 가야 할지 정말 난감하다. 잘못 선택하면 엉뚱한 곳으로 빠져 되돌아오게 되어 시간과 체력이 낭비된다.

이럴 때 가장 도움을 받는 것은 선행자들이 매단 산 리본이 그리도 고마울 수가 없다. 산 리본이 산길 안내자 역할을 톡톡히 해준다. 문제는 산 리본이 없거나 갈림길 양쪽에 산 리본을 매단 경우이다.

산 리본을 자세히 들여다보면 백두대간, ㅇㅇ정맥, ㅇㅇ기맥 등으로 표기한 것을 매단 쪽이 산맥 등반길이다.

오늘 산행이 10시간쯤 소요되어 오후 7시쯤 끝나리라 예상했는데 길을 잘못 들어 2시간을 허비하는 실수로 인해 대학산을 만나면서부터 날이 어둡기 시작했다. 해가 지면서 비까지 내리고, 짙은 숲 속이라서 어둠이 빨리 찾아왔다.

그러지 않아도 어둠이 들기 전에 목적지에 도착해야 한다는 강박감에 잠시도 쉬지 않고 걷다 보니 체력은 무리가 되고, 다리근육은 뻣뻣해지면서 쥐가 나고, 온몸에 땀은 비 오듯 하고, 입안이 바짝바짝 말라 금방 쓰러질 것 같았다.

가져온 물은 금방 바닥이 나 버렸고, 보충할 곳도 없었다. 식사 대용으로 빵을 가져왔긴 한데 그저 갈 길에 쫓겨 먹지도 못했다. 무모함의 극치였다.

높고 깊은 산골에서 체력은 소진되고, 비 오는 밤을 혼자서 터덕거리고 가야 하니 혹시나 조난되지 않나 하는 공포감이 들기도 했다. 가히 탈진 상태였다.

사고를 당하는 것보다 구난 요청을 하는 것이 낫겠다 싶어 스마트폰으로 119를 눌렀다. 난청지역이라는 문자가 떴다. 이럴 수가! 곧이어 배터리가 다 되었다는 경고가 보였다. 갈수록 태산이었다. 어디에도 구원을 받을 방법이 없으니 난감하기 이를 데가 없었다.

물에 빠져도 정신을 차려야 한다는 말이 생각이 났다.

마침 임도를 만났다. 목적지점까지는 2㎞ 남았지만, 비 내리는 어두운 밤에 혼자 산행은 포기가 훨씬 현명한 판단이라 결정을 하고 임도를 따라 1㎞를 하산했다. 지방도로에 나서긴 했는데 산간인데다 민가도 없고, 지나가는 자동차도 없었다. 사방은 칠흑 같은 어둠에 적막강산이었다.

혹시나 하고 전화기를 열어보았다. 배터리가 거의 소진되었다고 알리고 있었다. 조마조마하면서도 다행히 콜택시 기사와 연락이 닿았다.

30여 분 후에 멀리 산비탈에 자동차 불빛이 비치는 걸 보고 그렇게 반가울 수가 없었다.

도착한 택시 기사가 "혼자입니까" 한다.
"그렇다"고 했더니 깜짝 놀란다.
"아니, 이 깊은 산에, 그것도 비오는 밤에."
"어쩌다 그렇게 되었소. 물 있으면 좀 주구려."
"내가 마시던 물이 있는데, 미지근할 겁니다."
물병을 받아들자마자 눈 깜짝할 사이에 비워버렸다.
이제 살 것만 같았다.
역시 물은 생명수였다.
"여기가 어디쯤이냐"고 했더니, 홍천 동면 물골이라고 했다.

비록 탈진 상태였지만 별 탈 없이 산행을 마무리할 수 있어 천지신명에게 감사했다.
오늘 계획 구간 중 산행을 하지 못한 진지리고개에서 화방고개까지 2km는 다음 적당한 때에 하기로 했다.

오늘 산행 구간 중에 낯선 산 이름이 두 군데 있었다.
수리봉에서 대학산 사이는 900m가 넘는 능선이 연결되었는데, 두 개의 봉이 낯선 이름으로 비닐팩에 담겨 나무에 매달려 있었다. 매단 사람의 이름도 각각 쓰여 있었다.
922.8m봉은 '어론산'이라고 했고, 935.1m봉은 '삼계봉'이라고 했다. 지도에는 없는 산명이었다. 기명을 한 것으로 보아 출처는 있는 듯한데 왠지 어색했다. 객관적인 자료라면 산 높이로 보아

지도에 명시되어야 한다.

내가 '한반도산맥포럼'을 구상한 것도 한반도 산천은 개인이 이러쿵저러쿵할 문제가 아니라는 주장을 내세운 까닭이다. 국토관리 차원에서 공인된 기관이 권위 있는 논거를 제시하고 통일성이 있는 자료를 만들어 시시비비가 없어야 한다.

지금의 사정을 보면, 시중에 판매되고 있는 산 관련 책자나 산행자들의 GPS를 근거로 각자 다른 자료를 제시하고 있어 굉장히 혼란스럽다. 산 이름이 다른 경우, 산 높이가 다른 경우, 산과 산 사이 거리가 다른 경우가 허다하다.

기맥 능선에 설치한 안내 표지도, 산 표석도 가지각색이다. 같은 행정관할인데도 통일이 되지 않은 것을 보면 안타깝다.

<보충 산행>

지난번 먼드래재에서 화방고개까지 계획을 잡고 산행을 하다가 탈진하여 야간 산행을 중지하고 후일을 기약했던 진지리 고개에서 화방고개까지의 기맥 산행은 7월 2일에 가졌다.

산행 일시 : 2015년 7월 2일 목요일
- 날씨 : 맑음
- 산행 거리 : 3km(기맥 능선 접근 1km + 기맥 산행 2km)
- 산행 시간 : 2시간 20분(09:00-11:20)

· 산행 비용 : 64,700원(버스 13,200원<동서울에서 홍천 왕복>, 택시 45,000원, 간식 6,500원)

일정 진행

→ 07:15 - 08:15 동서울버스터미널에서 홍천터미널 이동

→ 08:15 - 08:40 홍천터미널에서 택시 편으로 홍천 동면 물골(진지리고개 임도 입구)에 도착

→ 09:00 - 10:00 물골에서 임도로 진지리고개까지 산행

→ 10:00 - 11:20 진지리고개에서 한강기맥 능선 산행을 시작하여 화방고개에서 산행 종료

→ 11:20 - 11:40 콜택시 편으로 화방고개에서 홍천버스터미널로 이동

→ 12:00 - 13:00 홍천버스터미널에서 동서울터미널까지 버스로 귀경

산행 이야기

오늘 산행은 지난번 하산 지점인 물골에서 1㎞ 정도 임도를 따라 한강기맥 능선 연결지점인 진지리고개까지 한 후, 기맥 능선 길을 찾아 올랐다. 진지리고개에서 능선 길은 무척 가팔랐다. 수풀도 무성했다. 오늘 산행 구간이 길지 않아서 마음은 느긋했다.

산길 분위기가 무척 상쾌하고 깔끔했다. 무성한 잡목들이 싱싱하고 활기차게 신선한 산소를 토해내면서 온 산을 덮고 있었다. 능선 중간중간에 양면이 내려다보이면 소 잔등 위를 걷는 듯 아슬아슬했다. 온몸의 신경이 아찔아찔했다. 이런 능선을 지날 때마다 산자분수山自分水의 기맥 연결 길을 찾아 낸 최초의 인물이 누구였는지 알 수가 없어 너무 안타깝다. 과학이나 기계의 힘을 빌리지 않았을 텐데도 한 치의 오차도 없다. 너무 신기하다. 감탄이다. 특정 산맥 산행을 할 적마다 같은 생각을 한다.

화방고개에 가까워질수록 산길이 혼란스러웠다. 낙엽송 지대라서 시시로 떨어진 솔잎이 길을 덮어버렸다. 이럴 때일수록 산 리본의 위력이 큰데 산 리본조차 없었다.

산맥 등반을 다니다 보면 산 리본은 주로 산행 기념으로 한 곳에 뭉치로 매달아 두어 초행자에게는 산길 찾는데 여간 아쉽지가 않다. 갈림길이나 산길이 희미한 곳에 매달아 주면 길 찾는데 아주 도움을 받는다.

화방고개에는 큼직한 자연석 표석이 고갯마루에 설치되어 있었다.

그간 19회에 걸쳐 드디어 한강기맥 종주를 마무리했다. 감회가 깊었다. 하고는 싶었지만, '과연 할 수 있을까' 하고 많이도 망설이다 시작한 종주 산행이어서 가슴이 뭉클했다. 하기를 참 잘했다는 생각이 들고 그 결심과 행동이 뿌듯했다.

화방고개 표석을 몇 번이고 쓰다듬으며 '드디어 해냈다'는 뜨거운 감정을 진정시켰다.

'하면 된다.'

'해 보다 안 되면 미련은 없다.'

'세상에 쉬운 것은 하나도 없다. 어떤 난관도 최선을 다하면 해낼 수 있다.'

'목표가 있는 삶은 즐거움과 행복을 가져다준다.'

콜택시 편으로 홍천터미널로 돌아오는 차 안에서 기사가 말했다. 몇 번에 걸쳐 자기를 잊지 않고 택시를 이용해 주어서 고마웠다고 하면서 자기가 손수 담근 오미자 효소 두 팩을 주었다.

"아니, 그간 내가 도움을 받아서 고마운데" 하니, "홍천도 최근 메르스 파동에 경기가 말이 아니라"고 했다. 이곳 주둔 군인들이 지방 경제에 상당한 도움을 주었는데 외출, 외박이 금지되어 경기가 썰렁하다고 했다.

메르스 소동이 전 국민을 우울하게 만드는구나.

하루빨리 국민의 입에서 마스크가 벗겨지기를 기원해 본다.

한강기맥 종주 브라보!

확실한 목표가 정해지고,
꾸준한 행동이 뒤따르면,
기대하던 결과가 찾아온다는 교훈을 또 한 번 경험했다.

7구간<10차 산행>

화방고개(장승재) → 소삼마치

* 화방고개(장승재)450m -3km- 덕구산656m -2.9km- 개고개 -1.1km- 응곡산603.1m -3.8km- 만대산679m(묵방산611m 갈림길) -3.1km- 소삼마치小三馬峙 = 13.9km

산행 일시: 2015년 5월 13일 수요일

- 날씨 : 맑음(간간이 센바람)
- 산행 거리 : 15km(13.9km + 1.1km<소삼마치 하산길> 연결)
- 산행 시간 : 9시간 30분(08:30-18:00)
- 산행 비용 : 79,700원(버스 13,200원<동서울-홍천 왕복>, 택시 62,000원<홍천-화방고개 22,000원>, <소삼마치-홍천 40,000원>, 간식 4,500원)

일정 진행

→ 06:40 - 07:40 동서울버스터미널에서 버스 편으로 홍천 도착

→ 07:45 - 08:10 택시 이용하여 홍천에서 화방고개 도착
→ 08:30 - 17:50 화방고개에서부터 산행 시작하여 덕구산, 응곡산, 만대산 능선으로 산행하고 소삼마치에서 하산하여 산행 종료
→ 18:20 - 18:40 소삼마치에서 횡성 콜택시 호출하여 홍천 버스터미널 도착
→ 18:50 - 19:50 홍천버스터미널에서 버스 편으로 동서울터미널로 귀경

구간 산세

화방고개(일명 장승재)에서 응곡산 정상 부근까지는 육산으로 비교적 산길도 분명하고 산행 길이 편하지만, 응곡산부터 소삼마치까지는 가파르게 올랐다 내렸다 해야 하고, 군데군데 바위를 타고 오르고 내려야 한다. 산길도 희미하고, 지난 가을에 떨어진 나뭇잎들이 수북하게 쌓여 능선 길이 분명하지 않다.

구간에 해발 450m인 화방고개를 시작으로 489m봉, 656m봉(덕구산), 635m봉(헬기장), 532m봉, 603.1m봉(응곡산), 578m봉, 517m봉, 679m봉(만대산), 741.1m봉을 거쳐야 소삼마치에 이른다.

기맥연결 주의지점

화방고개는 406번 지방도로(횡성과 홍천 연결)가 통과하는 능선인데 도로 개설로 능선이 잘렸다.

화방고개 능선에서 덕구산으로 진입하는 길목을 찾을 수 없다. 대개 진입로에 산 리본이 매달려 있는데 어디에도 없었다. 도로변에 최근 토지 형질 변경으로 밭을 일구느라고 산자락을 뭉개고 땅을 갈아엎었다.

초행인 경우에는 산길을 찾지 못해 당황이 되는 지점이다. 밭을 건너 산자락을 보고 잘 판단해서 능선 길을 찾아야 한다.

소삼마치가 가까워지면서 능선 길이 바위 틈새로 이어져 잘 식별되지 않는다. 낙엽이 짙게 깔려 있어 더 혼미하다.

미끄러지거나 몸의 균형을 잃고 넘어질 위험이 있다.

능선 길에서 하산길이 몹시 가파르다. 중앙고속국도 소삼마치터널(횡성 공근 쪽) 입구 방향 길 찾기가 쉽지 않다. 부근 지형을 잘 살펴야 한다. 등산 리본도 매달려 있지 않다.

산행 이야기

오늘 산행 시작점인 화방고개에 도착해서 능선 길을 찾았으나 난감했다. 포장된 도로 따라 이리저리 살펴도 도무지 산길이 나서지 않았다. 능선 길이 도로나 임도를 건너는 경우에는 으레 선행자들이 산 리본을 달아두기 마련인데 도시 찾을 수가 없었다. 최근에 임야를 전답으로 형질 변경을 하면서 산 밑자락 지형을 깔아뭉개 버렸다.

하는 수 없이 산맥 흐름을 보고 숲을 헤치며 올랐다. 천신만고 끝에 능선 길을 만났다. 능선 산행을 하다 보면 보통 한 구간에 7-8개의 가파른 봉우리를 오르고 내려야 하기에, 초장에 힘이 빠지면 체력이 빨리 피로에 지친다. 오늘도 그랬다.

오늘 구간에는 한강기맥 팻말이 한 곳도 없었다. 낯선 곳을 산행하다 보면 산 리본이나 안내 팻말이 그리 반가울 수가 없다. 같은 기맥인데 어느 구간은 행정당국에서 정성 들여 설치해 두었고, 어떤 구간은 아무런 표지가 없었다. 같은 행정구역인데도 차별이 있으니, 무슨 연유인지 궁금했다. 얼떨떨하고 아리송했다.

일관성 있는 행정이었으면 하는 생각이 간절했다.

오늘 산길에도 낙엽이 수북이 쌓였었다. 능선 길 양쪽 비탈에서 밀어붙인 바람 때문이다. 산길이 평탄하면 낙엽을 밟고 가는 기분이 그만이다. 시적 분위기가 되기도 한다. 오르막이나 내리막에서는 낙엽층이 미끄러워 애물단지다. 미끄러워 넘어지지 않으려고 안간힘을 쓰다 보면 갈 길은 아직도 먼데 기진맥진한다.

봄추위를 가리느라 뱀이 낙엽 속에 웅크려 있다 잽싸게 나타나는 바람에 혼비백산을 했다.

계절은 꽃들이 만발한 봄인데, 바닥에는 낙엽이 짙게 깔려 있었다. 정녕 두 계절이 겹쳐 있으니 이 또한 산속의 비경이었다.

덕구산 정상을 넘어서 개고개를 지나는데 두릅나무가 지천이었다. 봄철이면 두릅나물을 먹긴 했어도 채취해 본 적은 없어, 호기심이 발동했다. 마치 보물이라도 발견한 듯 가던 길을 멈추고 두릅 순을 따서 배낭에 채웠다.

재배가 아니고 순수 자연산이라서 향이 짙었다. 나무들은 순을 따 주면 더 튼실한 새순이 뻗어나고, 가지를 더 번식시켜 무성하기도 한다. 사람과는 전연 다른 생육 인자를 가지고 있다. 그런데 두릅 순은 한 자리에 두 번 이상 따버리면 다시는 새순이 터지지 않는다고 한다. 나무 모양새로 보아 분명히 내가 처음은 아닌 듯했다.

제발 내 소행이 두 번 이상이 아니기를 바랐다. 내 욕심으로 두릅나무를 죽이고 싶지는 않았다. 그렇다면 내 욕심을 거두어야지. '나는 괜찮고, 너는 안 돼' 하는 내 의식이 문제로다.

두릅을 배낭에 가득 채워 짊어진 발걸음은 그저 신명이 나서 무거운 줄도 몰랐다. 욕심이 사람 죽이는 줄도 모르고 두릅에 취하고 말았다.

이상 기온 탓인지 봄날이 더워지면서 낙엽수들이 연초록 잎을 사정없이 토해내고, 금방 온 산을 뒤덮었다. 온 천지가 생기와 열기로 가득했다. 직사광선을 피할 수 있어 좋기는 한데 먼 곳 시야가 가려 갑갑했다.

능선 등반은 탁 트인 시야가 있어야 제맛이다.

그래서 일 년 중 산행은 계절상 이른 봄철과 늦가을이 좋다. 봄철 나무의 잎이 터질 때쯤, 가을철 단풍이 반쯤 떨어졌을 때가 춥지도 덥지도 않고, 원근 시야가 뚫려 산행하기에 딱 좋은 시기다.

당일 산행은 시기를 맞출 수가 있는데 산맥 산행은 연속 산행을 해야 하기 때문에 계절을 맞출 수가 없다.

산맥 종주 산행을 할 때면 항상 계절의 아쉬움이 마음에 걸린다.

산행을 하다 보면 말라서 꺾어진 나뭇가지들이 발에 걸리기도 하고 산길을 막고 있는 경우가 흔하다. 오늘 산행도 그랬다.

센 바람이나 눈의 무게를 이기지 못해 뿌리째로 뽑힌 나무가 통째로 자빠져서 생생한 나무에 걸치고 있는 모양을 보면 가슴이 갑갑하다.

고의가 아니고 자연이 가져다 준 현상이기는 하지만 그로 인해 피해를 보는 산 나무들이 안타깝게 보여 더러는 걷어 주기도 한다. 그럴 때마다,

"어때, 시원하지."

"그려, 고마우이."

산에서 무언으로 의사소통을 해 본다.

자연과의 소통이 그냥 순수하다.

산을 즐겨 찾는 마니아에게 애교 있는 권유를 해 본다.

"산행하다 꺾어진 나뭇가지가 길을 막고 있으면 피해서 가지 말고, 가지를 옆으로 밀치거나 치워버리고 가면 다음 산행자들에게 봉사 기부를 하는 것입니다."

"넘어진 나무둥치를 치워 준다면 더 큰 봉사를 하는 것입니다."

"남들이 보지 않는 곳에서, 스스로 해 보이는 선행은 분명히 행운을 가져다 줄 것입니다."

오늘 산행에서도 철쭉꽃이 한창이었다.

진달래가 지고 나면 철쭉이 이어서 핀다.

이른 봄 잎이 나기 전에 피는 진달래는 온 산에 화려함을 뽐낸다. 짙은 분홍색 꽃잎들이 여간 소담스럽지가 않다. 따서 먹고 싶은 유혹을 받기도 한다.

철쭉은 활엽수들이 무성하게 잎을 매달고, 넝쿨 식물들도 왕성하게 자란 사이로 잎을 매달고 연분홍색 꽃을 피우고 있으니 화려함은 덜했다.

철쭉 군락지로 유명한 지리산 바래봉이나 합천 황매산 철쭉꽃은 붉은색이 진한데, 이곳 철쭉꽃은 색상이 엷은 분홍색이어서 주변 연녹색에 묻혀 화려함이 덜했지만, 연녹색 카펫에 분홍 꽃수를 놓은 듯해서 보기에 좋았다.

꽃은 언제 보아도 사람의 마음을 홀린다.

나무들은 수종이 같거나 달라도 집단 서식을 하면 태양을 향해 서로 경쟁을 하면서 키 높이가 균형을 맞춘다. 철저한 공생 관계다. 햇볕, 비, 바람을 골고루 나누어 갖고, 태풍이나 폭우가 있을 때면 군락으로 의지가 되어 공생의 유대를 맺는다. 자연의 오묘한 질서다.

소나무끼리 군락을 이루고 있으면 서로가 균형을 이루어 생육을 방해받지 않고 무성하다. 하지만 한두 그루가 잡목 속에 있으면서 햇볕이 가려지면 말라 죽어버린다.

이번 구간 산행에서 간간이 유달리 눈에 띄는 소나무가 있었다.

둥치 둘레가 2미터, 높이가 20여 미터가 넘어 보이는 쭉 곧은 우람한 소나무가 무성한 잡목 사이에서 기세 좋게 생장하고 있었다. 느닷없이 '군계일학'이라는 말이 연상되었다. 당당하기도 하고 의젓했다.

한겨울이면 활엽수들이 낙엽을 떨어뜨리고, 백설이 천지에 가득하면 독야청청할 것이다.

소삼마치 내리막길이 심하게 험난했다.

산길도 두툼한 낙엽에 덮여 어디가 어딘지 분별할 수가 없었다. 거기다가 급경사라서 미끄러지거나 넘어지지 않으려고 한 발짝 옮길 때마다 아슬아슬, 눈앞이 어찔어찔했다.

안간힘을 쓰다 보니 기진맥진했지만, 목적지까지 가야 한다는 생각 때문에 버텨냈다. 내가 원해서 하는 산행이라 즐기고 만족해야 한다.

산행은 끝없는 인내와 의지를 다져주는 더할 나위 없는 수련의 도장이다.

8구간<9차 산행>

소삼마치 → 상창고개

* 소삼마치小三馬峙 -4km- 오음산五音山930m -2.4km- 삼마치三馬峙 -3km- 상창上蒼고개 = 9.4km

산행 일시 : 2015년 5월 7일 목요일

- 날씨 : 맑음
- 산행 거리 : 11.4km(9.4km + 2km<종주길 연결>)
- 산행 시간 : 7시간 30분(09:00-16:30)
- 산행 비용 : 65,300원(버스 12,000원, 택시 46,000원, 간식 7,300원)

일정 진행

→ 06:40 - 07:10 동서울터미널에서 버스 편으로 홍천터미널 도착

→ 07:40 - 08:20 홍천터미널에서 횡성행 버스 편으로 공근(면 소재지) 도착

→ 08:40 - 09:00 공근에서 콜택시 이용 소삼마치 아랫마을 (웃어둔리)까지 접근. 택시 하차 지점에서부터 산행 시작하여 능선 접근

→ 09:00 - 16:30 소삼마치 능선에서 오음산, 삼마치 거쳐 상창고개에서 산행 종료

→ 16:50 - 17:05 상창고개에서 콜택시(홍천 양덕원) 이용 양덕원 도착

→ 17:05 - 17:35 양덕원에서 버스 편으로 용문 도착

→ 17:35 - 18:40 용문에서 전철 편으로 귀경

구간 산세

구간 대부분이 산길이 거칠고 험난하다.

안전을 위한 밧줄이 8군데나 설치되어 있다.

소삼마치에서 557m봉, 930m봉(오음산), 660m봉, 590m봉, 542m봉을 거쳐야 한다. 급경사를 오르고 내려야 하는 구간이다.

구간 명소

* 거북바위

오음산 정상을 지나 660m봉을 내려서다 보면, 바위가 3단으로 쌓여있는 맨 위에 영락없이 거북 형상을 하고 있다. 머리를 쑥 내밀고 힘차게 기어가는 모습이다. 어떤 조각가도 흉내 낼 수 없는

자연의 걸작이다. 중형자동차 정도 크기다. 주위의 나무들과 어우러져 살아있는 모습이다.

'거북바위'라고 팻말도 만들어 두었다.

기맥연결 주의지점

급경사를 오르고 내려야 하는 구간이 많아 각별히 안전에 주의를 필요로 한다. 봄철에 이르기까지 낙엽이 수북하게 쌓여 발 디디기가 여간 미끄럽지 않다.

삼각점이 있는 672m봉을 지나면 시멘트 포장 임도가 나선다. 이 임도는 봉우리 정상에 있는 국가중요시설(군 통신) 진출입로이기도 하다. 오음산으로 가는 길목이다.

시멘트 포장길을 계속 따라가 부대와 마주친다. 부대를 좌측으로 돌아 시멘트길이 끝나는 지점에서 다시 기맥 길이 연결된다. 여기서부터 잘 살피고 조심을 해야 한다. 거의 절벽이다시피 아슬아슬한 길을 헤치고 나가야 한다.

배넘이재에서 기맥 능선 길을 만난다. 기맥 길은 좌측으로 이어지면서 오음산으로 오른다. 우측 능선 길에는 '출입금지' 경고판이 있다. 군사지역이다.

삼마치를 지나면 임도를 만난다. 초행에서는 자칫 상창고갯길로 착각할 수가 있다. 임도를 가로질러 30여 분 진행하면 상창고갯마루에 도착한다. 홍천군과 횡성군 경계를 표시하는 깃발들이 설치된 공원 시설이 있는 지점이다.

산행 이야기

낯선 초행길은 호기심과 기대감도 있지만 산행 때는 난감할 경우가 더러 있다. 오늘이 그랬다. 산행 출발 예정지인 소삼마치에 접근하기 위해서 시외전화로 지역 관할 콜택시 기사에게 문의를 했었다.

지도에 중앙고속국도 소삼마치터널 옆으로 임도가 있는데, "택시로 소삼마치(고개)까지 운행이 가능하냐"고 했더니, "갈수 있다"고 했다.

도착해서 그 택시 기사를 불러, 소삼마치까지 가자고 했다. 부근 마을까지는 갈 수 있는데 고개까지는 가 보지 못해 자신이 없다고 했다.

'이럴 수가.' 난감했다. 결국 마을 끝 집에서 더 갈 수 없다고 했다. 주변을 살펴보니 산세가 만만치 않았다. 일단 내렸지만 등산길 초입을 찾을 수가 없었다.

산비탈이 험악하기는 했지만 능선이 빤히 보여, 무작정 수풀을 헤치고 산행을 시작했다. 갈수록 급경사였다. 넝쿨 식물이 앞을 가로막아 완전히 갇힌 기분이었다. 급한 경사에 뒤로 넘어지지 않으려고 안간힘을 쓰고, 스틱으로 넝쿨을 헤치고, 가당치도 않았다.

천신만고 끝에 능선을 찾고 보니 한 시간 남짓했지만, 온몸은 땀범벅에다 지칠 대로 지쳤다. 몸 여기저기가 가시에 찔리고 긁힌 자국이 따끔거렸다. 그래도 기분은 상쾌했다. '해냈다'는 뿌듯함이 좋았다.

세상을 살다 보면 예상치 못한 난관에 부딪쳤을 때, 절망하거나 포기를 하는 경우에는 얻는 것이 없다. 최선이 아니라 사력을 다하면 길이 열린다. 노력하는 만큼 소득이 있게 마련이다.

산행을 하다 보면 진퇴양난의 경우가 더러 있다. 지형지세를 잘 살펴 지혜를 모으고 전력을 다해 헤쳐 나가면 길이 열린다.

우리네 삶도 매한가지다.

살다 보면 정말 힘들 때가 있다. 힘들다고 멈추거나 포기를 해

버리면 얻는 것이 없다. 힘이 들어도 모질게 다짐을 하고 노력하고 또 노력하면 '역시 잘 했구나' 하고 결과에 흡족한 미소를 머금을 때가 온다.

산행에서 식물들의 종별 군락지를 자주 만난다.

진달래, 철쭉, 개불알꽃, 괭이눈, 금창초, 둥굴레 등 수도 없는 종들이 저들끼리 군락을 이루어 생장하고 있다. 환경과 생태조건이 같기 때문이겠지만, 한 종이 모여서 밭을 이루고 있는 현장을 보면 그저 감탄이다. 순수한 자연의 아름다움이 마음을 더없이 맑게 한다.

봄철이라 산나물이 지천이었다.

눈길이 닿는 데마다 고사리, 참취, 다래, 두릅이 발길을 멈추게 했다. 갈 길은 먼데, 산나물 유혹에 그만 빠지고 만다. 다문다문 산나물을 따면서 생뚱맞게도 패러디 시조가 흥얼거려졌다.

'산길은 가자 다그치고 산나물은 잡고 아니 놓네
석양은 서산에 기운데 갈 길은 아득하다
나물아 가는 나를 잡지 말고 지는 해를 잡아라'

봄이면 된장에 버무린 산나물이 입맛을 돋운다. 산채를 배낭에 넣고 가는데도 입안에 군침이 돌았다.

산길에 민들레가 군락을 이루고 있는 곳을 만났다.

들판이나 길가에서 보던 민들레가 산속에 무리를 지어 판을 이루고 있는 현장이 이색적이었다.

잎사귀를 땅바닥에 깔고 꽃대를 올려 화사한 노란 꽃송이를 매달고 있는 모습은 정말 예뻤다. 꽃이 지고 나면 씨앗을 매단 하얀 깃털이 바람에 날리는 광경은 흡사 낙하산을 연상하게 한다. 산속에 민들레도 낙하산 타고 날아온 씨앗이 정착한 것이리라.

옛날에는 민들레가 잡초 취급을 받았지만 지금은 잎사귀를 나물로도 먹고, 뿌리는 차로도 달여 마신다. 한방에서는 민들레가 열을 내리고 피를 맑게 한다고 하여 약초로도 쓰이고 있다.

이번 구간도 능선이 예사롭지 않았다.

소 잔등 같은 날카롭고 아슬아슬한 구간이 많았다. 우측을 보아도 아찔한 낭떠러지요, 좌측을 보아도 어찔한 낭떠러지다. 현기증이 날 지경이었다.

굽이굽이 돌고 휘어지면서 연결되고 있는 기맥 길이 신통하기도 했다.

최초 기맥 길을 찾은 기록이 있으면 많은 이야기가 있을 법도 했다. 누가, 언제, 어느 때쯤, 무슨 사연으로 한강기맥 능선을 탐사했는지를 알고 싶은 충동이 밀려왔다.

오음산 정상을 지나서 한참을 가다 보니 사람 소리가 났다. 등산객인가 했는데, 군인들이 급경사 낙엽 덮인 산비탈에서 삽으로 땅을 뒤지고 있었다.

작업 감독을 하고 있는 병사에게 물었다.

"이 깊은 산중에서 무엇을 하느냐"고 했더니, "유골을 찾는다"고 했다. 6.25 전쟁 중에 전사한 군인들의 시신을 찾는 중이라고 했다.

간혹 전방 지역에서 6.25 전사자 유골을 찾아 국가유공자 예우를 해 준다는 기사를 본 적은 있지만, 실제 현장을 본 것은 처음이다.

순간 긴장이 되면서 마음이 울컥했다.

6.25 전쟁으로 국가 존립의 위기에 섰던 대한민국을 죽음으로 지켜낸 전사자들의 유골을 찾는 작업은 후배 군인들만의 몫이 아니고 전 국민의 관심과 동참이 필요하다.

오늘의 번영된 대한민국은 순전히 그들 전사자들이 초석을 다진 것이다. 머리 숙여 진심으로 영령들에 감사함을 전하고, 사병들에게 "정말 수고한다"는 말을 건넸다.

오늘 구간에도 한강기맥 팻말이 있어 기분이 좋았다.

설치된 팻말도 누군가에 의해 훼손된 곳이 있어 무척 안타까웠다. 산길에서 안내 팻말은 어두운 밤바다 항해에 등대와 같다. 고산지대 산바다에서 산길 안내 팻말은 산길의 등대다. 험한 산중에서 길을 잃거나 놓치면 큰 낭패다.

지독히 심보가 고약한 사람도 산에 오면 마음이 선해진다고 하는데 설마 산행자가 한 소행이 아니기를 바랐다.

9구간<8차 산행>

상창고개 → 발귀현

* 상창고개上蒼峙 -5.6km- 금물산今勿山776m -2.3km- 시루봉504.1m -2.2km- 발귀현 = 10.1km

산행 일시 : 2015년 4월 27일 월요일

- 날씨 : 맑음
- 산행 거리 : 10.1km
- 산행 시간 : 7시간 10분(09:30-16:40)
- 산행 비용 : 50,600원(교통비 45,100원, 간식 5,500원)

일정 진행

→ 07:00 - 09:10 동서울터미널 시외버스 편으로 홍천터미널 도착

→ 09:10 - 09:20 홍천터미널에서 버스 편으로 남면 양덕원까지 이동

→ 09:20 - 09:30 양덕원에서 택시 이용하여 상창고개 도착

→ 09:30 - 16:40 상창고개에서 산행 시작하여 금물산 거쳐
발귀현까지 산행

→ 17:20 - 17:30 발귀현에서 콜택시 편으로 양평 청운면
용두리 도착

→ 18:00 - 18:20 용두리에서 버스 편으로 용문까지 이동

→ 18:30 용문에서 전철편으로 귀경

구간 산세

상창고개에서 금물산 정상 8부 능선까지는 산길이 육산이고, 정상 부근은 바위 너덜길이다. 금물산 정상에서 내려서는 길은 급경사 길이다.

산행 시작 지점인 상창고개가 해발 310m이고, 이어서 475.8m봉, 760m봉, 708m봉, 776m봉(금물산), 504.1m봉(시루봉)을 오르고 내려야 발귀현270m에 닿는다.

기맥연결 주의지점

금물산 정상을 지나면 바로 갈림길이 나온다. 작은 태양전지판이 설치되어 있다. 갈림길에서 직진으로 내려서면 성지봉으로 이어지고, 우측으로 꺾어 돌아야 한강기맥 길이다. 사방으로 산 리본이 매어져 있어 어리둥절하다. 내리막이 급경사로 안전에 주의를 해야 한다. 고소공포증이 있거나 몸의 균형 감각이 무딘 경우에는 조심하고 또 조심해야 한다.

시루봉을 내려서면 꽤 넓은 임도를 만난다. 좌측으로 4,5백 미터를 임도 따라 가다 보면 우측 길옆으로 산 리본이 매달려 있다. 임도를 벗어나 다시 산길이 연결되고 발귀현에 닿는다. 임도를 계속 따라가도 발귀현에 도착한다. 부근 지형이 산만해서 퍽 혼란스러운 구간이다. 부근 지형을 잘 살피고 판단이 정확해야 한다.

산행 이야기

오늘 산행을 하기 위해 아침 일찍 집을 나섰다. 홍천 남면행 첫 버스를 타기위해서다. 택시를 타고 동서울터미널로 갔다. 매표원에게 '홍천 남면행' 표를 달라고 했다. 티켓에 '동서울 ⇨ 남면'으로 인쇄되어 있었다. 승차하면서도 검표원이 확인했다.

오늘 멀리 산행한다는 강박감 때문에 선잠을 잔 탓인지 차에서 졸다가 창밖을 내다보니 고속도로를 달리고 있었다. 분명히 국도를 가야하는데, 의아했다.

기사에게 물었다.

"홍천 남면에서 내려야 하는데, 왜 고속도로를 가느냐"고 했더니, "홍천 남면은 가지 않는다"고 했다.

표를 내보이면서 "내가 분명 매표원에게 '홍천 남면' 표를 달라고 했고, 여기 남면이라고 인쇄되어 있지 않느냐"고 했더니, "이

차는 '인제군 남면'에 선다"고 했다. 아니 이럴 수가, 황당했다. 산행 시간을 맞추느라 일찍 나섰는데 낭패가 생겼다.

어쩔 수 없이 홍천터미널에서 하차하여 지방 버스를 타고 '홍천군 남면'으로 갔다. 운수회사에서는 홍천 남면을 '양덕원'이라고 했다. 지리를 모르는 초행자의 해프닝이었다. 모르면 바보가 되는 걸, 알면서도 몰랐다.

좋은 경험이었다.

'사람은 죽을 때까지 배우면서, 깨치면서 산다'는 말을 실감하는 현장이었다.

양덕원에서 택시를 이용하여 상창고개로 향했다.

출발하면서 기사가 택시 요금 미터기를 꺼버렸다. '왜'냐고 했더니, 정액 요금제라고 했다. "무슨 경우냐"고 했더니, 이곳에서는 관행적으로 약정이 되어 있다고 했다. 요금 횡포를 하지 못하도록 택시미터기 제도를 시행한 것으로 알고 있는데, 시시비비를 가릴 처지가 못 되었다. 어쩔 수 없이 택시 기사가 '갑'이었고 나는 '을'의 입장이었다.

구간 산행을 할 적마다 생전 처음 찾아가는 지역이다. 여기저기를 살피고 구경하느라 긴장이 되면서도 신명이 난다.

사실 한강기맥 종주도 여행을 겸한 산행이다. 우선 산길을 만나기 위해서 산행 복장을 하고 대중교통으로 길을 떠나야 한다. 가보지 못한 지역을 묻고, 찾고 하는 들뜬 기분이 사뭇 즐겁다. 보이고, 만나는 곳곳이 그곳 특유의 정서와 문화가 가득하다.

상창고갯마루 능선에서 산행이 시작되었다. 몇십 년은 된 듯한 소나무가 빽빽했다. 가지 끝마다 순이 터지면서 뿜어내는 피톤치드가 온 산에 가득한 듯 공기가 상큼했다.

소나무는 어디서 보아도 위풍이 당당하다. 수령이 오래된 것일수록 품위가 있어 보인다.

단종 복위를 위한 계책을 세우다 실패한 사육신의 한 사람인 성삼문이 형장으로 끌려가면서 소나무를 빗대어 통한을 읊은 충절의 시조가 떠올랐다.

'이 몸이 죽어가서 무엇이 될고 하니
봉래산 제일봉에 낙락장송 되었다가
백설이 만건곤할 제 독야청청 하리라'

확고한 소신과 충성심이 공직자의 올곧은 처신이 아닌가 싶었다. 패러디를 읊어보았다.

'이 몸이 아무리 살기 힘들어도
온갖 유혹 죽기 살기로 뿌리치고
소임 수행 충실하여 백성 편케 하리라'

나한테 득이 된다면 무슨 일인들 못하랴 하는 현대인들의 약삭

빠른 처신이 현실이다. '살기 위해서, 출세하기 위해서'라면 할 말이 막힌다. 이기주의에 눈멀지 않는 처신이 잘 사는 지혜라는 것을 산은 깨우쳐 준다.

오늘 코스에는 진달래꽃이 절정이었다. 한반도 북쪽일수록 더 기온의 차가 있어서일 테다. 희한하게도 능선으로 도열하다시피 계속 이어졌다. 마치 진달래꽃 사열을 받는 기분이 들어 산행이 힘든 줄을 몰랐다. 세상 어디서 나를 위해 이렇게 화려하고 멋진 꽃판을 벌여 나를 환영해 주랴.

어릴 적 추억이 더듬어져 꽃잎을 따다 입에 넣기도 했다. 쌉싸래한 맛이 혀끝을 간질였다. 나와 자연과의 소리 없는 대화의 장면이다.

한강기맥 안내 푯말이 상창고개에서 금물산 정상 직전까지는 다른 구간에 비해서 잘 되어 있어 '바로 이거다' 했는데, 금물산 정상에서부터 발귀현까지는 제대로 되어 있지 않아 아쉬웠다. 초행자에게는 길 찾는데 여간 불편하지가 않다.

군데군데 설치한 푯말도 누군가의 나쁜 손버릇으로 훼손된 곳도 있었다. 설치도 중요하지만 설치 후에도 수시로 점검하여 보수가 필요하다. 설치와 관리는 꼭 따라붙어야 한다.

금물산 정상에는 표석도, 푯말도 없었다. 누군가가 비닐 천에 써서 나무둥치에 매달아 두었다.

행정당국의 관심과 성의가 필요하다는 생각이 간절했다. 내 고장을 방문하는 모든 사람들이 좋은 인상을 가질 수 있도록 배려하는 행정이었으면 좋으련만.

산행 중간중간에 고사리랑, 가시오가피 새순이 자주 눈에 띄었다. 향긋한 나물 생각이 나서 발길을 멈추고 새순을 조금 꺾었다. 요즘 시중에 나오는 산나물은 거개가 판매용으로 재배했거나 수입한 것으로 알려져 있다.

언젠가 지리산 마을에서 중국산을 지리산에서 채취한 자연산 산나물이라고 속아 사온 적이 있다. 하도 짝퉁이 판을 치니 내 눈으로 확인하지 않고는 믿을 수가 없는 세상이 되고 말았다.

어느 음악 콘서트에 갔더니, 사회자가 "요즘 여성들은 전부가 미인인데 누가 누군지 식별이 안 된다. 모두가 성형을 해서 그렇다"고 뼈 있는 개그를 하던 생각이 났다.

발귀현 가까이에서 만난 임도를 발귀현 고갯길로 잘못 알고 한참 헤맸다. 산길이 굉장히 혼란스러웠다.

발귀현에서 택시를 불렀다. "어디냐"해서 "발귀현"이라고 했더니 "발귀현이 어디냐"고 되물었다. 난감했다.

이 지역 사람이 자기 고장의 지리를 모르고 외지인에게 확인을 하다니, 그것도 지리에 밝을 택시 기사가.

스마트폰으로 한참 실랑이를 벌인 끝에 10분 거리에 30분이 넘어서야 도착했다. 시시비비를 따지기 전에 와준 것만 해도 그저 고마울 따름이었다. 여기서도 택시 기사는 '갑'이고 나는 '을'이었다.

아직도 우리사회에서는 '갑'이 고압적 지배 개념이어서 '을'은 따를 수밖에 없는 피해자 입장이다. 건강하고 밝은 사회가 되려면 '갑'과 '을'은 자기 역할에 충실하면서 대등한 관계여야 한다.

아직도 우리 사회의 각계각층에서 충돌이 잦은 것은 '갑'과 '을'의 한계를 모르고 집단 이익과 힘으로 밀어붙이기 때문이다.

10구간<1차 산행>

발귀현 → 신당고개

* 발귀현 -3.7km- 갈기산葛基山685.4m -3.2km- 신당고개
  = 6.9km

산행 일시 : 2015년 3월 24일 화요일

- 날씨 : 하늘에 구름 한 점 없이 맑음
  (아침 영하 2도, 낮 영상 5도)
- 산행 거리 : 6.9km
- 산행 시간 : 4시간 20분(10:10-14:30)
- 산행 비용 : 71,000원(교통비 58,500원, 간식비 12,500원)

일정 진행

→ 08:00 - 09:30 동서울버스터미널에서 버스 편으로 양평 청운면 용두리 정류장 도착

→ 09:40 - 10:00 영업 택시 이용 발귀현 도착

→ 10:10 - 14:30 발귀현에서 산행 시작하여 갈기산을 거쳐 신당고개 도착 산행 종료

→ 15:00 - 15:20 콜택시 편으로 용두리 도착

→ 15:40 - 16:50 용두리에서 시외버스 편으로 동서울버스 터미널 도착

구간 산세

구간 중심에 갈기산이 자리하고, 산행 출발지인 발귀현에서 부터 300m봉, 440m봉, 590m봉, 685.4m봉(갈기산), 523m봉, 451m봉, 408m봉이 차례로 연결되어 있다. 갈기산 정상이 바위를 이고 뾰족하게 솟아 있는 것 외에는 거의 육산이다.

구간 명소

* 부부바위

갈기산 정상 채 못 미쳐 덩치 큰 바위 2개가 나란히 버티고 있어 부부바위라 일렀는데(안내 팻말이 있음) 어찌 모양새가 부부로 보기에는 어설펐다.

기맥연결 주의지점

발귀현에서 신당고개 못 미쳐까지는 간간이 산 리본이 매어져 있어 길 잃을 염려가 없는 구간이다. 구간 마지막 봉에서 신당고개로 내려서는 지점에 능선 길이 없어지고 임도를 따라야 한다. 신당고개로 내려서는 사면이 급경사여서 주변을 잘 살펴야 한다.

신당고개는 경기도와 강원도의 경계 지점으로 44번 국도가 지나간다. 국도 확장을 하면서 산맥을 깊이 파버려 능선 연결이 되지 않는다.

일단 도로로 내려서서 무단횡단을 할 수밖에 없는 현장이다. 도로 중앙에는 분리대가 설치되어 있고, 맞은편 절개지는 석축과 철망으로 되어 있어 기맥 연결 지점을 잘 찾아야 한다.

산행 이야기

일기예보가 오늘 꽃샘추위라고 한다. 산행 복장에 신경이 쓰였다. 기온은 영하 2도에서 영상 5도 사이란다. 산행에 추운 날씨는 아닌데 '꽃샘추위'라는 어정쩡한 느낌에 잠깐 머뭇했다.

미세먼지에 옅은 황사가 몰려오니 외부 출입을 가급적 삼가라는 뉴스에도 아랑곳없이 계획된 산행을 떠났다.

한강기맥 종주를 시작하는 오늘 10구간을 첫 산행지로 선택했다. 한강기맥 시작지점인 오대산은 봄철 산불 방지를 위해 통행을 제한하고 있어 부득이한 선택이었다. 시발점부터 산행을 하지 못하는 아쉬움이 있었지만 마음을 고쳐먹었다.

요즘 부쩍 산불이 잦은 편이다. 연일 뉴스 시간에 산불 소식을 알린다. 이번 겨울은 유달리 가물었다. 산마다 낙엽이 쌓인 데다 비다운 비가 내리지 않았고, 폭설도 없었다.

조그만 불씨만 있어도 쉽게 산불이 번진다. 사려 깊지 못한 인간들의 실수가 큰 재앙을 불러온다. 한번 타버린 산림은 많은 세월이 흘러야 본래의 숲으로 돌아온다. '산불주의'가 아니라 '산불조심'이다. 봄이 되면 산나물 캐러 오는 사람들이 많아 공연한 걱정을 해 본다.

한강기맥 산행의 첫날이라서 조금은 긴장이 되었다.

전연 생소한 지역이고, 교통 사정과 기맥 산길 닿기에 신경이 쓰였지만 생각보다 쉽게 산길을 찾을 수 있어 다행이었다. 발귀고개에 선행자들이 매단 산 리본이 있어 큰 도움이 되었다. 생소한 산길에는 산 리본이 그렇게 반가울 수가 없다.

출발지점인 발귀현(고개) 능선 주변은 소나무 숲으로 공기가 한결 상큼했다. 소나무는 사철이 푸르른 절개의 상징으로 옛 선비들의 사랑을 받았지만, 지금도 소나무는 우리에게 무척 친숙한 나무다.

얼마 전 방송 대담에서, 소나무 재선충이 번져 신속한 방제조치를 하지 않으면 소나무가 전멸할 수도 있다는 이야기를 들었다.

산을 다니다 보면 몇 십 년이나 된 듯한 소나무가 통째로 말라 서있는 것을 종종 본다. 재선충 피해 현장이다. 재선충은 번식과 이동이 빠른데다 소나무 껍질을 파고들어가 진액을 빨아먹어, 아무리 덩치가 커도 말라죽을 수밖에 없단다. 한반도에 소나무가 없어진다는 것을 상상만 해도 아찔했다.

한때 서울 남산에 소나무 수난이 있어 '남산에 소나무가 없으면 애국가 2절을 어떻게 하나' 하는 우스개가 있었던 기억이 새로웠다.

한참 걷고 있는데, 비탈에 쭉쭉 뻗은 둥치가 하얀 나무 군락지가 보였다. 우리나라 산에서 흔히 볼 수 없는 나무라서 유심히 살펴보니 자작나무였다. 자작나무 하면 광활한 시베리아가 연상이 되고, 영화 '닥터 지바고'의 한 장면이 떠올랐다. 산행을 하면 생각이 자유로워져서 그 자체가 힐링이다.

산길 주변에는 봄소식이 한창이었다.

낙엽 지고 홀라당 벗은 나무들은 겨울잠을 깨고 새싹을 틔울 준비에 한창이었다. 성급한 생강나무가 가지 끝마다 노란 꽃을 조롱조롱 매달고 이른 봄바람에 하늘거리고 있었다. 잎보다 꽃이 먼저인 진달래나무는 꽃망울을 오물조물하면서 봄소식에 기지개를 켜고 있었다.

산비탈 언저리에 겨우살이가 졸참나무 가지에 붙어서 노란 꽃을 동그랗게 매달고 있어 유달리 눈에 띄었다. 겨우살이가 관절통과 요통에 좋은 약재로 알려져 있어, 먼저 보는 사람이 임자라고 한다. 비록 기생식물이지만 그저 봄소식을 전하는 전령으로 보여 예쁘기만 했다.

남에게 빌붙어 사는 인간은 천덕꾸러기인데, 자연 생태계에서는 공생의 현장이어서인지 보기가 싫지 않았다.

산속에 찾아온 봄 분위기에 한껏 빠져 있는데 느닷없이 까마귀 울음소리가 요란했다. 어릴 적 기억에 까마귀 울음소리는 불길한 징조로 받아들였다. 왜 그랬을까는 지금도 의문이다. 어릴 때 잠재의식 때문인지 지금도 까마귀 울음소리는 순간 긴장이 된다. 오늘도 그랬다. 혹시나 싶어 '조심해야지' 하다 보니 산행이 더디었다.

산길에는 낙엽이 수북이 쌓여 가파른 구간에서는 미끄러워 걷기에 불편하기도 했지만 기분은 좋았다. 크고 작은 봉우리를 오르고 내릴 때마다 미끄러지지 않으려고 안간힘을 쓰다 다리 근육에 무리가 따랐다. 넘어질까 조심조심하다 보니 진행이 느렸다.

이른 봄 산행은 소나무 군락지를 제외하고는 미처 새잎이 나지 않은 활엽수 천지여서 시야가 트여 조망이 그저 그만이다. 숲이 무성할 때는 그저 앞만 보고 걷기 마련인데 사방이 트이면 주변을 구경하고 살펴보느라 산행이 더디다.

산길을 힘들게 걷다가 전망대가 나서면 환호성이 터진다. 오늘 산행에서도 서너 곳에 전망대가 있어 가슴이 후련했다.

오늘 기맥 능선은 강원도와 경기도를 가르는 가르마였다. 능선을 사이에 두고 물길이 나누어지고 지방색이 달라진다. 행정구역 경계선이지만 산이나 강을 사이에 두고 말투가 다르고 풍속이 달라진다. 지역감정 앙금이 생기기도 한다.

간혹 초대면 인사를 나누다 자연히 고향을 묻게 된다. 출신 도가 같으면 고향의 동질감을 갖는다. 금방 어색함이 없어지고 친숙해진다. 성씨에 본관이 같아도 그렇다.

능선 길이 군데군데가 소 잔등 같았다. 능선 따라 내리뻗은 깊은 계곡들이 긴장감을 더해 주었다. 중간중간에 바윗길이 있어 오르고 내리는데 신경이 쓰였다. 헛딛거나 넘어지면 끝장이다 싶은 생각이 방정맞았다.

갈기산 정상에 올랐다.

제법 돈 들인 안내판이 세워져 있다. 산행자들이 많은 듯했다. 갈기산 내력이 흥미롭고 혼란스러웠다. 조선 말기에 '不動産'이라고 했다니, '不動山'을 잘못 표기한 것이 아닌가도 싶었다. 정상 표지석에는 '葛基山' 옆에 분명히 '不動山'이라고 표기하고 있었다. 작성자의 실수인지, 사실인지 갑갑했다.

갈기산 정상 부근은 온통 바위투성이다. 오르고 내리는 길목에 밧줄을 매달아 놓았다. 그런대로 스릴도 있었다. 고소공포증이 있는 사람은 '나 살려요' 하고 비명이 터질 것 같았다.

갈기산 정상 채 못 미쳐 '부부바위'가 버티고 있었다. 형상이 사람 같지는 않은데 두 덩어리의 큼직한 바위가 바짝 붙어 서 있었다. 옆에는 '부부바위' 팻말이 있었지만 유래가 없었다. 사연이 궁금했다. 그저 붙여본 이름인가.

오늘 산행 구간에는 크고 작은 봉우리가 8개가 있었다. 음지에는 아직 땅이 얼어 있었다. 언 땅 위에 낙엽이 수북했고, 오르막 내리막에 잘못 디디면 낭패다 싶어 조심조심하다 보니 산행이 더뎠다.

신당고개 절개지를 내려서는데 위험하고, 불편한 것 말고는 무난한 산행이었다. 한강기맥 종주 산행의 첫날이 무사한 것을 산신께 감사했다.

11구간<2차산행>

신당고개 → 발배고개

* 신당고개 -2.2km- 새나무고개 -4km- 통골고개 -2.1km- 발배고개 = 8.3km

산행 일시 : 2015년 3월 30일 월요일

- 날씨 : 맑음
- 산행 거리 : 8.3km
- 산행 시간 : 4시간 40분(09:50-14:30)
- 산행 비용 : 48,900원(교통비 35,900원, 간식비 13,000원)

일정 진행

→ 08:00 - 09:20 서울 동서울터미널에서 버스 편으로 양평 용두리 도착

→ 09:30 - 09:40 영업 택시 이용 신당고개 도착

→ 09:50 - 14:30 신당고개에서 산행 시작하여 발배고개에서 산행 종료

→ 15:00 - 15:10 콜택시로 단월 버스정류장까지 이동
→ 15:20 - 17:30 단월에서 시외버스 편으로 서울 상봉터미널 도착. 망우지하철 편으로 귀가

구간 산세

신당고개 도로(44번 국도) 정비를 하면서 한강기맥 능선을 잘라버려 산맥 모습이 사라졌다.

구간 중간 중간에 임도와 고압선 철탑 공사로 산 모양새가 훼손되고, 구간 해발이 300m에서 500m 사이(408m봉, 398.3m봉, 410m봉, 451.4m봉, 397m봉)였지만 산 이름이 있는 산은 없다.

산길 주변에는 바위나 돌이 없고, 토질이 좋다.

기맥연결 주의지점

신당고개에는 도로 공사로 산맥 능선이 잘렸기 때문에 기맥 연결 산길도 일단 끊겼다.

산길 연결은 청운면 쪽에서 신당고개(44번 국도) 채 못 미쳐 좌측 갈림길(포장도로) 언저리에서 산으로 오른다.(산 리본 있음) 청운면 용두리에서 영업 택시(031-772-8258)를 이용할 경우 신당고개를 지나 평창 남면 방향으로 가다가 첫 신호등에서 유턴을 받아 신당고개로 되돌아 와야 한다.(도로 중앙 분리대로 인하여 좌회전 불가)

산행 이야기

한강기맥 산행 두 번째 날이다.

월요일이기 때문인지 구리에서 팔당대교 간 교통 체증이 이만저만이 아니었다. 평소보다 30여 분이 늦어졌다. 낮 시간대 산행을 원칙으로 하고 있기에 시간이 늦어질수록 초조해진다.

기맥 산길 초입을 찾는데 애를 먹었다. 산맥 능선 절단으로 산길 연결이 엉뚱했다. 산행자가 많지 않아서인지 매단 산 리본도 빛이 바래 눈에 잘 띄지 않았다. 그나마 등산길 찾는데 큰 도움이 되었다. 선행자들이 매단 산 리본은 정말 고마울 때가 한두 번이 아니다.

산길은 시작부터 몹시 가팔랐다. 초장부터 힘을 빼버린다. 뒤로 넘어지지 않으려고 다리에 바짝 힘을 주고 앞으로 몸을 숙였다. 낙엽이 수북하게 쌓여 더 미끄러웠다. 그래도 산행은 즐거웠다.

오늘은 온 산에 봄기운이 완연했다. 하루가 다르게 산 빛깔이 달라지고 있었다. 겨울잠을 자던 나무들이 기지개를 켜고 잎을 터트리려고 녹색 물을 우물거리고 있었다.

성급한 버들강아지가 잎도 없이 누에 같은 꽃망울을 주렁주렁 매달고 한껏 기세를 펴고 있었다. 어찌 모양새가 징그러웠지만 봄이라서 그런지 눈에 거슬리지는 않았다.

활엽수들은 하나같이 봄기운에 싹을 틔우고 있었다. 말라있는 듯하던 나뭇가지 끝마다 초록의 눈망울이 송송했다. 계절을 어김없이 찾아오는 자연의 질서가 확실히 느껴졌다.

양지바른 비탈에는 진달래가 활짝 피었다. 진달래 분홍색 꽃이 날 좀 보란 듯이 요염했다. 꽃은 언제 보아도 잔잔한 감흥을 준다. 어릴 적 마을 뒷산에서 진달래 꽃잎을 먹기도 하고, 뭉치로 꺾어 으스대던 추억이 새록새록했다.

구간 중간중간에 철쭉나무가 군락을 짓고 있어, 진달래가 지고 나면 화려한 철쭉꽃이 온 산을 뒤덮을 듯하다.

진달래가 잎보다 꽃이 먼저 피고, 꽃이 지면서 잎이 나는 반면, 철쭉은 잎과 꽃이 함께 한다. 한반도 어디 산을 가도 진달래와 철쭉이 확실한 봄의 계절을 알린다.

여기저기를 살피면서 걷고 있는데 나뭇가지 사이로 노란 물결이 일렁거리고 있어, 눈여겨보니 생강나무 꽃이었다. 수십 그루가 장관이었다. 한 곳에 집단이 아니고 수백 미터 넘게 흩어져 있었다. 얼핏 보면 산수유나무와 식별이 잘 안 된다. 나무 모양새나 꽃망울이 흡사하다.

산수유 열매는 한방에서 해열제나 강장제로 쓰이는데, 생강나무

열매는 기름을 짜기도 하지만 별로 인기가 없다.

여기저기 산을 많이 다녔지만, 생강나무가 간혹 듬성듬성 보이기는 해도 오늘같이 넓게 많은 곳은 처음이다. 이곳이 생강나무 생장의 최적지인가도 싶었다.

언젠가 춘천 금병산 산행을 하다 생강나무 꽃을 보고 산수유라고 우기는 일행이 있어 한바탕 시시비비를 한 적이 연상되었다.

산행 구간에 상수리나무들이 많았는데, 사이사이에 굴참나무가 껍질이 벗겨져 유독 눈에 띄었다. 자세히 보니 밑둥치에서 일정한 간격을 두고 계획적으로 벗겨 냈다.

한때 굴참나무 껍질이 강원도 오지 산간에서는 지붕 덮개로 쓰였다. 벼농사가 없으니 짚으로 지붕을 할 수 없어 대안으로 굴참나무 껍질이 유용하게 사용되었다.

굴참나무는 일명 코르크나무라고 하는데 껍질에 두꺼운 해면질의 코르크층이 있어, 액체나 공기가 통하지 않고 탄력도 있어서 보온, 흡음, 방수 기능으로 활용된다.

수령 20년 이상이 되면 생나무에 껍질을 벗겨도 죽지 않고 다시 껍질이 생기는 특징이 있어, 나무를 베지 않고 지붕 덮개로는 안성맞춤이다.

현재는 주택 개량으로 지붕재로는 쓰임새가 없을 듯한데 굴참나무 껍질이 벗겨진 연유가 궁금했다.

뭐니 뭐니 해도 산에는 소나무가 제격인 것 같다. 소나무가 온 산을 덮고 있으면 공기도 상쾌하고 경관도 절묘하다. 사계절이 푸르러 산이 풍성하게도 보인다.

오늘 산길에서 고목 소나무가 쓰러져 있는 곳이 군데군데 있었다. 부러지기도 했고, 톱으로 잘린 것도 있었다.

'세월 앞에 장사 없다'는 말이 인간에게만 해당되는 것이 아니다. 모든 생물은 노화가 있고, 한계 수명이 있다. 질병, 사고, 천수는 피할 수 없는 운명이다.

자연 생태계는 그대로 순응하는데, 유독 인간만이 영세를 갈망

한다. 종교가 가엾은 그들을 품어준다.

오늘 산행에서도, 누구도 만나지를 못했다. 온 산을 독차지한 기분이 참 흐뭇했다. 시야에 든 모든 산야가 내 정원이라고 생각하니 마음만은 대부호가 된 듯했다.

산길 따라 낙엽이 수북하게 쌓여 서벅서벅 걷고 있는데, 도롱뇽 한 마리가 낙엽을 뒤지면서 잽싸게 달아나다 멈추고 빠끔히 쳐다보았다. 낙엽 속에서 따스한 봄날을 느긋하게 보내고 있는데 느닷없이 소란한 낙엽 소리에 깨어나 놀란 듯했다.

호랑나비 한 마리가 여유롭게 산속을 날고 있었다. 주변에는 꽃이 보이지 않는데 어인 일인가 싶었다. 아직도 나비가 날기에는 추위가 가시지 않아 안쓰러워 보였다. 생존에 적기가 되어 나타났는데, 나 혼자만의 생각이 여유로웠다.

홍천 남면 쪽 한강기맥 산언저리에 산 꼬리가 잘린 곳이 띄엄띄엄 보여 볼썽사나웠다. 산행을 멈추고 자세히 살피니 골프장이었다. 능선을 무참히 잘라 절벽을 만든 모습이 '이건 아닌데' 싶었다. 무참한 개발보다 자연지세를 최대한으로 보존하는 공사가 되었으면 좋으련만.

오늘 도착지인 '밭배고개'는 경기도와 강원도를 넘나드는 산 고개였는데, 현재는 산맥 아래쪽에 터널이 뚫리어 있었다.

밭배고개 마루에 한강기맥 안내 도표에 '계곡에 물이 마르지 않는 이유'를 써 두었다.

산림이 지나치게 우거지면 빗물이 잎이나 가지에 맺혔다가 땅에 도달하지 못하고 45%가 공중으로 증발하고, 산림 토양의 빗물 침투 조건이 나빠지므로 가지치기나 솎아베기를 해 주어야 한단다.

산림이 울창하여 내부가 어두워지면 그 지역에 사는 식물이 사라지지게 되고, 낙엽을 분해하는 미생물과 토양 속의 곤충의 수가 줄어들어 토양이 활력을 잃고 단단해져 빗물을 머금는 양이 줄어든다고 한다. 땅이 딱딱해지면 나무뿌리에 공기 순환이 잘 되지 않아 결국에는 나무들도 생육에 지장을 받는다.

무조건 많다고 좋은 것만은 아니다. '적당히'가 자연의 철칙이다. '더도 말고 덜도 말고'란 말은 우리가 살아가는데 두고두고 새겨야 할 교훈이다.

자연은 공생이다. 어느 한쪽에 세력이 강해지면 다른 한쪽은 소멸한다. 더불어 잘 살려면 쌍방이 균형을 잘 맞추어야 한다. 균형이 질서다. 질서가 무너지면 균형이 깨지고, 균형이 무너지면 생존이 위태롭다.

자연은 생존 질서가 잘 지켜지고 있다. 생존 전략은 공생의 원칙을 깨지 않는 것이다. 유독 인간만이 과욕이 하늘을 찌른다.

빈부 격차가 심해지는 것은 공멸의 징조다.

지나친 권력투쟁은 파멸의 전주곡이다.

사람들은 그것을 알면서도 그대로 밀어붙인다. 자기만은 예외일 것이라고 망상을 하기 때문이다.

12구간<3차산행>

발배고개 → 비솔고개

* 발배고개 -3.6km- 송이재봉 -2km- 소리봉 -1.4km- 비솔고개 = 7km

산행 일시 : 2015년 4월 3일 금요일

- 날씨 : 산행 중 내내 짙은 안개
- 산행 거리 : 7km
- 산행 시간 : 4시간 40분(09:50-14:30)
- 산행 비용 : 60,200원(버스 14,400원, 택시 33,800원, 간식비 12,000원)

일정 진행

→ 08:00 - 09:30 택시 이용 동서울버스터미널에 내려 시외버스 편으로 양평 단월버스정류장 도착

→ 09:30 - 09:40 택시 이용 발배고개 도착

→ 09:50 - 14:30 발배고개에서 산행 시작하여 비솔고개에서

산행 종료
→ 15:10 - 15:30 콜택시 편으로 단월버스정류장 도착
→ 15:40 - 17:10 시외버스 이용 동서울터미널 도착 귀가

구간 산세

산행 길이 위험하거나 험한 구간은 없다.

크고 작은 산봉우리가 7개가 있다.

능선 마루금(산 가르마)이 가파른 봉우리가 몇 군데 있다.

기맥연결 주의지점

송이재봉과 소리산(?) 정상에서 갈림길이 혼란스럽다. 방향 표지판을 그 누군가가 떼어버려 괘씸하다. 행정당국에서 설치한 산 안내판이 훼손되어 있는데 보수를 하지 않아 안타까웠다.

산봉우리 삼거리에서 어느 쪽을 가야 하는지 어리둥절한 곳이 한 곳 있다. Y자 길인데 왼쪽으로 가야 한다.

산행 이야기

밤사이에 모처럼 비가 많이 내렸다. 지난겨울 동안 비다운 비가

거의 내리지 않아 모두들 걱정이었는데 무척 다행이었다. 얼마 전 소양호가 강바닥을 보여 가뭄의 심각성을 알게 해 주었다. 물 부족으로 농촌에서는 속이 타들어가는데 도시에서는 그 심정을 모르고 있다.

산행 날짜를 잡아 놓고 날씨에 신경이 쓰였다. 다행히 아침에 비가 멎어 주어 산행에 나섰다.

출발지인 밭배고개에 도착하니 안개가 짙게 깔렸다. 산행에서 시야가 흐리면 난감하다. 10미터 전방이 식별이 되지 않았다. 초행길이라 난감했다.

산맥 능선이나 주변을 식별할 수 없어 무척 갑갑했다.

나무들이 울창한 산속에 수북하게 쌓인 낙엽을 걷어차면서 짙은 안개 속을 걸어가는 내 모습에서 한 편의 동영상이 그려졌다. 불편은 했지만 주어진 상황을 긍정적으로 받아들이니 그 또한 즐거웠다.

오늘 산길은 능선이 날카로운 곳이 많았다. 마치 말 잔등 같이 아슬아슬한 마루금이 오금을 저리게 했다. 좌우를 내려다보니 아득한 계곡이다. 고소공포증이 없어 천만다행이었다.

비 온 뒤라 능선에 쌓인 낙엽을 밟아도 바스락거리지 않고 푹푹 빠지면서 푹신한 감각이 아주 좋았다.

낙엽 밟는 소리에 놀랐는지 뱀이 쑥 불거져 나왔다. 등산화를 신었으니 망정이지 기겁을 했다. 낙엽 속에서 겨울잠을 잤는지 알 수는 없었지만 몸집이 꽤 크게 보였다. 높은 산에 있는 것을 보면 독사임이 분명했다. 아직 먹이가 없을 텐데 어쩌자고 나왔을까. 긴 겨울잠에 권태를 느꼈을까. 봄맞이 나들이를 나왔을까. 햇볕이 그리워서일까. 별별 생각을 다 해 본다. 산길은 이래서 여유롭다.

송이재봉을 가파르게 올라서니 Y자 갈림길이 나왔다. 표지말뚝이 있는데 방향 표지판을 누군가가 뜯어버렸다. 난감했다. 기둥에 못질한 것을 짐작으로 방향을 잡았는데 바른 선택이었다. 산을 좋아하는 사람은 악인이 없는데 '고약한지고' 무슨 심사로 그랬을까.

급경사를 숨차게 오르니 '소리산657.6m'이라는 표지가 있었다. 정상에는 산불 감시초소가 있다. 지도에 표기되지 않은 소리산이다. 봉우리에는 갈림길이 있고, 우측 능선과 연결된 멀리 떨어진 위치에 지도상 표기된 소리산479m이 있다. 산맥 흐름을 보아서는 소리산 갈림길 같은데 사연이 궁금했다.

오늘 구간 산비탈 여기저기에는 깡그리 산림 벌채를 하고 있었다. 산불 피해 지역인가 하고 자세히 보니 수종 개량을 하기 위해서인 듯했다. 군데군데 잣나무가 심어져 있었다. 모두가 급경사지여서 무척 힘들 것 같았는데 용케도 잘 하고 있었다.

산림이 짙은 산은 물을 품고 있는 거대한 저수지다. 숲은 비 온 물의 증발을 막아주고 물 빠짐을 더디게 해주기 때문이다.

산은 거대한 산소 공장이다. 수목이 산소를 뿜어내기 때문이다. 산림에서 뿜어내는 피톤치드가 보태져 산행을 할 때면 피로를 풀어준다.

군데군데 능선 길이 칼등 같았다. 자칫 몸 중심을 잃고 넘어지기라도 하면 천길만길 낭떠러지로 굴러떨어질 것 같은 아슬아슬한 느낌이었다. 오금이 저렸다. 그래도 기분은 상쾌했다. 온갖 형태의 경관이 마음을 사로잡았다.

짙은 안개가 낮이 되면 그치려니 했는데 오후가 되어도 도무지 기미가 보이질 않았다. 산행에서 짙은 안개는 악천후다. 도대체 앞을 볼 수 없으니 이를 두고 오리무중五里霧中이라 했던가.

한 시절 배호가 불러 히트했던 '안개 낀 장충단 공원'을 흥얼거려 본다. 가사 내용이 오늘 현장과 전연 맞지를 않는데도 그냥 즐거웠다.

구간이 험악하거나 봉우리들이 그리 높지는 않았는데도 경사도는 심했다. 낙엽들이 짙게 깔려 미끄럽기는 했지만 기분은 상쾌했다. 낙엽 길을 많이도 걸어본다. 낙엽하면 가을이 제맛인데 봄날에 낙엽이라니. 자연이 펼쳐 준 진수성찬이니 마음껏 즐기는 게 상책이다.

오늘 구간에는 고압선 철탑이 연이어 지나고 있었다. 공사 때문이었는지 임도가 잘 개설되어 있었다. 그 대신 마루금 능선이 잘리기도 해서 기맥 길은 불편한 곳이 많았다.

우리나라는 국토 면적에 비해서 인구가 많은 편이지만 산이 너무 많다. 전국 어디를 가나 산을 허물지 않고는 개발이 될 수가 없다. 그런데도 환경보호론자들은 산지 허무는 것을 적극 반대하고 나선다.

산을 다니다 보면 무조건 개발보다 자연 지세에 어울리게 했으면 얼마나 좋을까 하는 생각을 할 때가 많다.

13구간<4차산행>

비솔고개 → 배너머고개

* 비솔고개 -1.4km- 도일봉道一峰864m 갈림길 -1.9km- 중원산 갈림길 -3.7km- 문례봉(폭산) 갈림길 -1.1km- 용문산龍門山1157m 정상 갈림길 -0.9km- 장군봉 갈림길 -2.6km- 배너머고개 = 11.6km

산행 일시 : 2015년 4월 6일 월요일

- 날씨 : 구름
- 산행 거리 : 11.6km
- 산행 시간 : 9시간 30분(07:50-17:20)
- 산행 비용 : 62,100원(버스 7,100원, 택시 35,000원, 식대 20,000원)

일정 진행

→ *06:15 - 07:30* 택시 이용 동서울버스터미널로 이동. 버스 편으로 양평 단월정류소 도착

→ 07:30 - 07:40 택시 이용 비솔고개 도착
→ 07:50 - 17:20 비솔고개에서 산행 출발하여 용문산을 거쳐 배너머고개에서 산행 종료
→ 17:40 - 17:50 콜택시 이용 '아신' 국철역 도착
→ 17:50 - 19:10 국철 편으로 귀경

구간 산세

해발 1157m인 용문산을 비롯해서 812m봉, 778m봉, 770m봉, 738.2m봉, 992m봉, 1015m봉을 오르고 내려야 한다. 능선 오름과 내림이 몹시 가파르다.

용문산 정상은 국가주요시설(통신시설과 군부대)이 있어 기맥 산길은 우회해야 한다. 우회길은 거의가 너덜 구간이다.

기맥연결 주의지점

비솔고개에서 도로를 건너야 기맥 연결 길이 있어, 주위를 잘 살펴 찾아야한다. 주변에 산 리본이 매어져 있다.

용문산 정상(가협치) 등반은 가능하나 정상을 거쳐 우회길이 없다. 기맥 연결 길은 용문산 정상 바로 밑에서 장군봉으로 안내 팻말을 따라야한다. 갈림길에 한강기맥 표지가 없다.

장군봉 방향 길을 따르다 보면 갈림길이 나온다. 팻말의 용천리 방향(우측 용문산 정상 방향)으로 따라야 한다. 조금 가다 보면 배너

머고개 팻말이 있다.

산행 이야기

오늘은 산행 구간이 길기에 아침 일찍 집을 나섰다.

날씨부터 살폈다. 근간 며칠 동안 비가 내렸기에 오늘도 비가 내리지 않을까 내심 조마조마했다. 새벽까지 비가 내렸지만, 집을 나설 즈음 마침 비가 멈추었다.

새벽잠을 설치고 아침밥을 차려 준 집사람이 무척 고마웠다. 별다른 내색을 하지 않았지만 귀찮았을 것이다. 공연히 눈치가 보였다.

오늘 출발지인 비솔고개에 도착하니 오전 7시 50분이다.

산행에서 이른 아침 10분은 오후 1시간과 맞먹는다는 말이 있다. 갈 길은 멀지만 마음은 느긋했다.

비솔고개 초장부터 능선이 가팔랐다.

준비운동이나 적당한 스트레칭도 없이 된비탈을 오르다 보니 숨이 턱에 닿았다. 폐활량이 시원찮아 오르막 오르기는 젬병이다. 헉헉거리는 소리는 내가 들어도 가관이다. 그래도 올라야 했다.

오늘의 목표가 있으니까.

오늘은 유달리 새소리가 산속에 울려 퍼졌다.

처음에는 까마귀가 까악거리고 울었다. 옛날부터 까마귀가 울면 재수가 없다거나, 불길한 징조로 여겼다. 겉이 검어서일까. 옛 시조에 '겉이 검은들 속조차 검을까' 했는데……. 지금도 일본에서는 까마귀가 길조라고 한다. 정반대의 문화 차이다. 독도와 위안부를 두고 억지 주장을 하는 일본을 두고 뭐라 할까. '겉 희고 속 검은 이는 너뿐인가 하노라.'

산비둘기가 꺼칠꺼칠한 목소리로 정적을 깨고는 이 나무 저 나무로 옮겨 다니느라 법석이다. 날씨가 따뜻해서 혹시나 고개를 내민 벌레가 있나 해서 성급하게 산속을 헤집고 다니는 듯했다.

새들이 소리를 내면 사람들은 새가 운다고 한다. 흔히 운다고 하면 슬픈 일이 있거나 억울할 때를 연상하게 되는데, 새들이 운다는 것은 인간의 감정과는 다를 듯하다.

한참을 걷고 있는데 산 정적을 깨고 빈 나무상자를 두들기는 소리가 나서 가던 길을 멈추고 주변을 살폈다. 딱따구리가 나무둥치에 집을 짓느라 주둥이로 구멍을 파는 소리였다.

오늘 구간 능선 길 양옆으로 산철쭉나무가 유독 많았다. 꽃이 피면 이 일대가 꽃불바다가 될 듯했다. 나무둥치로 보아 수령도 꽤 되어 보였다.

봄철 산행은 풀숲이나 나뭇잎들이 거치적거리지 않아서 좋기는 한데 싱싱한 생명체를 볼 수 없어 자연에 대한 감흥이 덜했다.

산이 온통 참나무라서 지난가을에 떨어진 낙엽들이 깊게 쌓여 산길은 낙엽 융단을 깔아 두었다. 산행을 하면서 푹신푹신한 낙엽 덮인 길을 길게 걸어보기는 처음이다. 산행이 더디긴 했지만 기분은 아라비아 대부호가 부럽지 않았다.

이맘때쯤 높은 산에는 봄에 두 계절이 함께한다. 산 밑에는 풀들이 새파랗게 솟아 있고 꽃들도 피어 있다. 해발이 높은 데는 기온이 낮아 식물들이 꼼짝을 않고 겨울 모습 그대로다.

높은 산에 오면 계절이 층층으로 변하는 모습을 볼 수 있다. 온 산이 자연에 순종하고 복종하는 모습이 신기하고 아름답다.

자연은 저항과 반항을 모른다. 유독 인간만이 자기 뜻대로 되지 않으면 야단법석이다. 때로는 폭력도 마다하지 않는다. 자연은 적응과 조화가 생존 철칙인데 인간은 지배와 배신이 생존 법칙일 때가 많다.

계절은 분명히 봄인데 높은 산이라서 봄이기도 하고 봄이 아니기도 했다. 이를 두고 춘래불사춘春來不似春이라 했던가.

산길에 뿌리가 뽑혀 쓰러진 나무와 둥치가 부러져 꼬꾸라진 나무들이 자주 눈에 띄었다. 모두가 몇십 년 된 고목들이다. 아름드리나무도 세월 앞에서는 맥을 못 춘다. 인간과 다를 바 없다. 오면 가야 하고 생기면 없어져야 하는 게 자연의 철칙이다.

자연은 주어진 조건에 순응을 하는데 인간은 반항을 한다. 늙고 병들어도 죽음을 받아들이지 못하고 악착같이 살기를 갈구한다. 중병이 들어도, 식물인간이 되어도, 요양원에 있어도 그저 목숨만 연명하면 더 살기를 욕심 부린다. 이것이 천명이다 싶으면 생명에 연연하지 말고 죽음을 받아들여야 한다. 젊어서는 사서라도 고생을 한다지만 늙어서는 고생을 사서 할 필요가 없다.

오늘 구간에는 온통 낙엽수 천지였다.

낙엽수가 빽빽한데 잎들이 지고 없으니 나무줄기를 보고는 수종 식별이 쉽게 되지 않았다.

산에 있는 낙엽수를 통칭 '참나무'라고 한다.

참나무에도 종류가 여럿 있다. 우리나라 산림에는 참나무과에 속하는 것으로 상수리나무, 떡갈나무, 갈참나무, 굴참나무, 신갈나무, 졸참나무가 있다. 언뜻 보면 모양새가 엇비슷해 그 나무가 그 나무 같다.

어릴 적에 도토리를 주우러 다닌 적이 있어 상수리나무가 제일 눈에 띄었다. 지금은 다람쥐 겨울 식량이라고 줍지 못하게 하지만, 그 옛날에는 다람쥐 생각은 아예 없었다. 도토리가 간식이나 가난한 이들에게는 식량이기도 했다. 지금도 가을이면 할머니들이 옛 추억을 더듬어 도토리 주우러 산을 찾는 모습을 보기도 한다.

오늘 산행은 나무에 잎들이 없어 시야가 확 트였다. 먼 곳을 볼 수 있어 산맥의 묘미를 즐기기에는 더없이 좋았다. 산에 숲이 무성하여 시야가 가려 갑갑하기도 하고, 날파리들이 기승을 부려 산행이 짜증스럽기도 했다.

용문산 정상 부근을 돌아서 기맥 길이 연결되는데 안내 표지가 없어 몹시 당황했다. 같은 행정구역 관할인데도 한강기맥 안내 표지가 제대로 되어 있지 않아 연결 길 찾는데 애를 먹었다.

엉뚱한 상상을 해 본다.

만일 내가 지역 행정 관리자라면 내 지역을 방문하는 모든 사람들에게 길 찾는데 불편이 없도록 안내 표지판을 필요한 지점에 설치해 두고 수시로 현장을 점검하여 문제가 없는지 부지런히 챙겨 볼 것이다.

제주 올레길이 관광객 유치와 지역 홍보에 큰 도움을 주고 있는 것을 벤치마킹하여 전국 자치단체에서 둘레길 만들기에 경쟁하다시피 하고 있다.

그런데 시작은 거창하면서도 관리가 제대로 되지 않아 시설이 망가지고 허술한 곳을 많이 본다. 특히 사람들의 내왕이 뜸한 곳의 관리는 엉망이다.

실적이나 공적 쌓기에만 관심이 모아져 시작만 요란하게 하는 전시행정의 관행이 언제쯤 없어지려나. 내실을 다지는 행정이 주민을 위하고 국민을 보듬는 진정한 실적이다.

14구간 <5차 산행>

배너머고개 → 농다치고개

* 배너머고개 -2.3km- 대부산743.5m 갈림길 -1.2km- 유명산有明山862m 갈림길 -1km- 소구니산798m -1.7km- 농다치고개 = 6.2km

산행 일시 : 2015년 4월 9일 목요일

- 날씨 : 맑음
- 산행 거리 : 6.2km
- 산행 시간 : 4시간 25분(09:45-14:10)
- 산행 비용 : 27,000원(택시 21,000원, 간식비 6,500원)

일정 진행

→ 07:10 - 09:30 서울 지하철 3호선 강남 신사역에서 출발
옥수역에서 국철로 환승하여 아신역 도착

→ 09:40 - 09:50 영업택시로 비솔고개 도착

→ 09:45 - 14:10 비솔고개에서 산행 시작하여 용문산, 소
구니산 거쳐 농다치고개에서 산행 종료
→ 14:30 - 15:20 콜택시(031-772-5007) 이용 아신 전철역
도착. 역전 식당에서 늦은 점심 식사
→ 15:30 아신역에서 국철 이용 귀경

구간 산세

비솔고개에서부터 '오토바이크' 길이 만들어져 있다.

자동차 통행에도 불편하지 않을 정도로 넓은 길이 유명산 정상 부근까지 연결되어 있다.

유명산 정상까지는 산이면서 산길이 아니고 다목적용 넓은 비포장 길이다.

유명산과 소구니산 중간쯤에 바위 봉우리가 있으나 산길은 우회로 되어 있다.

소구니산에서 농다치고개까지는 급경사이다.

기맥연결 주의지점

비솔고개에는 328번 도로가 통과하여 기맥 길이 끊겨 있다. 도로 건너 맞은편에 산악바이크 클럽이 있다. 시설물이 능선을 막고 있어 산행 연결은 우측 넓은 길을 따라야 하는데, 철문이 출입을 차단하고 있다. 경고판이 걸려 있다. 이곳은 개인 사유지이니 출

입을 못 한다는 내용이다. 기맥 연결을 위한 다른 길이 없음으로 부득이 철문 기둥을 돌아 들어가야 한다.

유명산 정상 부근까지는 기맥 길 안내 표지가 없기 때문에 계속 산속 도로를 따라야 한다. 간혹 산 리본이 매어져 있지만 애매하다. 넓은 길이 돌고 돌기 때문에 산세 흐름을 잘 살펴 육감으로 판단해야 한다.

초행이거나 안내자가 없는 경우에 대부산 갈림길에서 방향을 잘 살펴야 한다. 좌측이 대부산 길이고, 직진이 기맥 길이다. 안내 표지가 없다.

유명산 정상은 기맥 연결 길이 아니다. 정상 300여 미터 아래쪽에서 좌측으로 꺾여 기맥 길이 연결된다. 안내 표지가 있다.

소구니산 정상에서 내리막길을 가다 보면 갈림길이 나선다. 직진하면 선어치를 거쳐 중미산으로 연결되는 길이고, 좌측으로 가야 농다치고개에 닿는다. 아무런 안내 표지가 없다. 무심코 가다간 낭패를 볼 수 있다.

산행 이야기

쌀쌀한 아침 날씨에도 아랑곳없이 어디에고 온통 꽃 천지다. 도심지에는 개나리, 목련, 벚꽃이 활짝 피어 한껏 자태를 뽐내고, 산에는 진달래, 생강나무 꽃이 한창이다.

양지바른 흙에서는 민들레가 새로 돋아난 녹색 잎사귀를 방석 삼아 바닥에 깔고 노란 꽃잎을 활짝 펴 '날 좀 보소' 하고 교태를 부리고 있는 모습이 참 귀엽기도 했다.

내 고향에서는 민들레를 '앉은뱅이'라고 불렀던 기억이 난다. 생명력과 번식력이 강해 아무데서나 잘 자라지만 주로 풀밭에서 많이 자란다. 민들레꽃이 지고 나면 씨앗이 하얀 솜털 달고 둥근 공 모양을 하여 바람을 타고 훌훌 난다. 이때쯤 꽃대를 꺾어 후후 불고, 천진난만하게 뛰어놀기도 했었다. 민들레꽃을 보노라니 어릴 때의 추억이 묻어났다.

산행에서 만난 꽃들이 눈이 부시다 못해 마음마저 들썩인다. 대자연의 신선함이 온몸에 번졌다.

유명산을 오르는 산길이 '오토바이크' 길로도 이용되는지라 꽤 넓은 편이었다. 산길을 가다 임도를 만나면 산행 기분이 없어진다. 자연은 생태계 그대로일 때가 가장 멋지다.

유명산 정상을 향해 오르다 보니 산비탈 한쪽이 휑하니 민둥민둥했다. 억새풀 지역이라고 하는데 별로 정감이 나지 않았다. 억새가 얼마나 억센지 억새가 무성한 땅에는 다른 식물이 근접을 못한다.

소나무 한 그루가 유난히 눈에 띄었다. 수십 년은 족히 된 듯한데 모양새가 어설펐다. 중심둥치 쪽은 말라 죽었고, 양쪽 옆 가지는 살아 있었다. 한 나무에서 생과 사가 버티고 있는 모습이 절묘했다. 일그러진 자태를 보다가 순간 작품이다 싶었다. 카메라를 꺼내어 구도를 잡고 사진을 찍었다.

산을 다니다 보면 자연 생태계에서 감탄과 찬탄이 절로 터지는 장면들이 수도 없이 많다. 내가 아는 한 사람도 퇴직 후 취미로 카메라를 메고 아름다운 자연경관의 순간을 포착하기 위해 동으로 서로 나다닌다. 촬영 준비를 하고 집을 나설 때부터 그날 대상물에 대한 기대감과 멋진 상상에 온몸이 뜨겁단다. '이거다' '이때다' 싶어 카메라 렌즈에 눈을 맞추는 순간부터 무아지경에 빠진다고 한다. 사진 취미 생활이 만년의 심신 건강에 보약 중에 보약이라고도 했다.

언젠가 읽은 '매디슨카운티의 다리' 소설에서 사진 작품의 요체는 '빛과 순간포착'이라고 했다. 산행 때 카메라를 챙길 적마다 연상이 된다.

산행을 할 때마다 경이로운 자연 현장을 보면 그 순간을 잡기 위해 가슴이 뛰기 시작한다.

막상 산행에서 멋진 장면을 보아도 작품을 촬영하기에는 제약이 많다. 카메라 장비가 좋아야 하고 순간 포착을 위해 무한정 기다려야 하는데 그럴 여건이 되지 않는다. 아쉽지만 눈에만 담고 떠나야 한다. 산은 보고 즐기는 것만으로 만족해야 한다.

유명산 정상 채 못 미쳐 기맥 갈림길이 있었다. 서울 근교 산인데도 유명산 정상 산행을 못했었다. 정상까지는 300미터 거리였다. 여기까지 왔으니 정상을 올랐다. 정상까지도 넓게 길이 트여 있었다. 배너머고개에서 자동차로도, 오토바이크로도, 산악자전거로도 오를 수 있는 여건이다.

정상에 세워진 표석에 '산림청'이라고 새겨져 있었다. 대부분 산 정상 표석에는 지방자치단체장 명의로 되어 있는데 특이했다.

유명산 정상에 전망대를 만들어 두고 있었는데, 동우회 남녀 산행자 10여 명이 자리를 깔고 식사 준비를 하고 있었다. '내가 먼저 도착했으니 내 마음대로 독차지하면 어때서' 하는 분위기다. 거기까지는 그렇다 치고, 버너를 켜고 라면을 끓이고 있었다. 방부목으로 제작된 전망대 바닥에 불을 피우고 있어 가슴이 철렁했다. 그러지 않아도 요즘 산불이 심심찮게 발생하는데 도대체 무슨 배짱인가 싶었다.

경고라도 하고 싶었지만 잘못하면 시비가 될 듯해서 그만두었다. '제발 조심들 좀 하시지' 하고 그냥 돌아섰다.

산이 좋아 산행을 즐겨하는 사람이면, '산에서는 불씨가 절대 금물'이라는 것쯤은 알고 있어야 할 것이다.

소구니산 정상을 지나자 한강기맥 팻말이 서 있었다. 가장 표본적인 팻말인데 방향 표시판이 누더기였다. 누군가가 표지판을 고의도 뜯어 팽개친 것을 또 누군가가 주워다 끈으로 묶어 두었다. 악행과 선행이 한눈에 보였다.

산행을 하다 보면 팻말이 훼손된 경우를 자주 본다. 훼손한 사람의 심리를 도저히 알 수가 없다. '욕구불만?' '정신이상?' '기분 나쁜 감정 표출?' '장난?' 그것도 저것도 아니면 무슨 이유였을까.

소구니산을 채 못 가서 마루금에 바위 봉이 앞을 가로막고 있어 어쩌나 했는데, 그 옆으로 아슬아슬한 난간 길이 나 있었다. 바위

봉은 높이가 5미터쯤으로 몇 개의 바위가 붙어 있었는데 칼등 같은 능선에 어떻게 올라앉았는지 신기해서 한참이나 쳐다보았다. 볼수록 놀라웠다.

'줍는 손 고운 손 버리는 손 미운 손' 홍보판이 나무기둥에 매달려 있었다. 자세히 보니 '바르게살기운동 진천읍위원회' 명의로 되어 있었다. 이곳은 양평군인데 충북 진천 명의가 어색했지만, 쓰레기를 함부로 버리지도 말고, 쓰레기가 있으면 주우라는 자연보호 캠페인이었다.

언젠가 중국 '황산'을 갔을 때 생각이 났다.

세계자연문화유산으로 지정된 명산으로 세계 각지에서 많은 사람들이 이 산을 찾았다. 특이하게 산길 중간중간에 쓰레기 수거함이 있었다. 덩그렇게 노출시키지 않고 주변 환경과 유사하게 자연친화적으로 만들어 보기에는 쓰레기 수거함 같지 않았다. 그 발상이 너무 마음에 와 닿았다.

대개 산에서 먹고 마신 쓰레기는 버릴 곳이 마땅치 않으면 그냥 아무데나 버려버린다. 우리 문화는 버릴 곳을 만들어 두지 않고 쓰레기는 각자가 가져가라는 식이다. 함부로 버리면 처벌한다는 경고가 위협을 준다.

인간의 본능은 손쉬운 것을 택하게 되어 있다. 비단 쓰레기뿐만 아니다.

산을 다니다 보면 등산객들이 버린 휴지, 술이나 물을 담은 페트병들이 보기 싫게 버려진 것을 많이 본다. 그럴 때마다 '나는 그러지 말아야지' 하고 다짐을 한다.

소구니산을 지나 갈림길에서 판단 잘못으로 농다치고개로 가는 길을 놓치고, 중미산 능선 방향으로 내려섰다. 37번 도로가 지나는 '선어치고개'였다.

갈림길에는 기맥 방향에 대한 아무런 표지가 없었다. 갈림길에는 표지가 있어야 한다. 선행자들이 산 리본 하나쯤 매달아 주면 큰 적선인데 자기 흔적 위주로 매달다 보니 후행자에 대한 배려가 아쉬웠다.

이해관계를 떠나서 남을 위해 배려하는 삶이 참 잘 사는 것이라고 귀가 따갑도록 듣는데도 실천이 되지 않는 것은 잘못된 습관 때문이다. 행동하지 않는 양심은 악이라고 했다.

지행합일知行合一의 교훈을 다시 한번 새겨본다.

'선어치'는 양평군과 가평군의 경계를 이루는 고개이다. 중미산과 연결되는 능선이다. 초행 산행자에게는 산세로 보아 한강기맥으로 잘못 판단할 수 있는 형국이다. 중미산을 오르다 갈림길이 있겠지 싶어 산맥을 이리저리 살펴도 판단이 서지 않았다.

고갯마루에는 간이휴게소가 도로 양편에 하나씩 있었다.

도로공사 때 능선이 절단되어 등산길이 급경사로 험악했다. 산 리본이 매어져 있었지만 아무래도 미심쩍어 휴게소 주인에게 "한강기맥으로 연결되는 농다치고개가 어디쯤이냐"고 물었다. "여기는 중미산 오르는 산길이고, 농다치고개는 37번 국도 따라서 옥천면 방향으로 20여 분 걸어 내려가야 한다"고 일러주었다.

물어보기를 참 잘했다. 도로 따라 농다치고개까지 걸었다. 도착하니 도로표지판에 '중미산 삼거리'라고 표기되어 있었다. 서종면으로 가는 도로 삼거리가 농다치고개였다.

농다치고개에 '새들이 소리 내어 우는 이유'를 입간판으로 세워두었다.

새들이 소리를 내는 것은, 첫째는 봄철 사랑을 나눌 때 내는 아름다운 사랑의 구애 소리, 둘째는 자신들끼리 대화하는 일반적인 소리, 셋째는 사람이나 천적이 자신들의 영역에 들어왔을 때 내는 앙칼진 경계의 소리라고 적혀 있었다.

하기야 사람들이 숲 속에서 큰 소리를 내면 새들이 놀라 혼란에 빠진다. 새들은 숲 속의 관리자라고 한다. 각종 해충을 잡아먹으니 나무 건강에 도움이 되리라 여겨진다.

홍보판이 설치된 위치가 가파른 산 밑 도로변이라서 제자리가 아닌 듯했다. 정성 들인 만큼 읽어주는 사람이 많이 내왕하는 곳이 제자리다. 자연학습장이면 안성맞춤이다.

농다치고개에서 기맥 연결 길을 확인하고는 오늘 산행을 마무리했다. 콜택시로 아신역으로 가는 도중에 골짝마다 전원주택단지가 들어차 있었다. 모두가 최근에 단지를 만든 듯했다. 택시 기사의 말로는 “집 주인들은 모두가 서울 사람들”이라고 했다. 개발업자들의 한탕주의로 잡음과 분쟁이 끊이질 않는다고도 했다. 분명히 귀농이나 귀촌은 아닌 듯했고, 주말주택이나 별장쯤으로 보였다. 지역은 농촌인데 농촌 분위기는 보이지 않았다. 국가는 경제가 어렵다는데 개인은 삶이 넉넉한가.

아신역 부근 식당에서 늦은 점심 식사를 하고, 국철 편으로 귀경하는 차창 밖으로 펼쳐지는 남한강 풍경이 아름다웠다. 완연한 봄기운이 대지를 가득 메우고 있었다. 온 천지에 생기가 넘쳐나는 기운이 느껴졌다.

오늘 산행은 구간이 짧았고, 산길이 험악하지 않아 마음이 느긋하고 여유로웠다.

15구간<6차 산행>

농다치고개 → 벗고개

* 농다치고개儱多峙416m -1.8km- 옥산578m -1.4km- 말고개(馬峴) -2.9km- 된고개(高峴)432m -1.8km- 청계산清溪山658.4m -1.2km- 송골고개403m -1.7km- 벗고개 = 10.8km

산행 일시 : 2015년 4월 17일 금요일

- 날씨 : 맑음
- 산행 거리 : 10.8km
- 산행 시간 : 7시간 30분(08:50-16:20)
- 산행 비용 : 37,500원(택시 22,000원, 식대 10,000원, 간식 5,500원)

일정 진행

→ 06:50 - 08:30 지하철 3호선 강남 신사역에서 출발 옥수역에서 국철로 환승하여 아신역 도착

→ 08:30 - 08:50 택시 이용 농다치고개 도착

→ 08:50 - 16:20 농다치고개에서 산행 시작하여 옥산, 청계산 정상, 송골고개 거쳐 벗고개에서 산행 종료
→ 16:40 - 17:00 콜택시(031-775-7282) 편으로 양수역 도착. 역전 식당에서 식사
→ 17:33 양수역 출발 귀경

구간 산세

농다치고개는 한강기맥이 도로 개설로 절단되어 있어 일단 도로로 내려섰다가 도로를 건너 다시 올라야 한다.

구간 중에 제일 높은 봉은 청계산658.4m이지만 크고 작은 봉우리(578m봉, 546m봉, 568.6m봉, 487m봉, 658m봉, 461m봉, 442m봉, 319m봉) 능선 길이 가팔라서 오르고 내리는데 안전에 주의가 필요하다.

기맥연결 주의지점

농다치고개(중미산 삼거리) 포장마차 뒤편에 간이 공중변소 옆 우측으로 한강기맥이 연결된다. 산 리본이 매어져 있다.

청계산 정상까지는 군데군데 한강기맥 팻말이 설치되어 있는데, 청계산 정상에서 벗고개까지는 기맥 안내 팻말이 보이지 않는다.

청계산 정상 8부 능선에 바위 틈새 길이 아슬아슬하다. 낙엽마저 수북하게 쌓여 여간 위험하지가 않다. 정상에서 하산 길도 급경사로 안전에 특별히 주의가 필요하다.

산행 이야기

최근에는 비가 하루 걸러 내리는 격이다. 오랜 가뭄에 내리는 비는 그야말로 단비다.

어제도 비가 내렸다. 산행 일자를 잡아놓고 '어쩌나' 했는데 오늘은 활짝 개었다. 햇볕은 쨍쨍, 바람도 없었다. 기온도 산행하기에 딱 좋은 날이었다. 산행을 나설 때 날씨가 좋으면 신명이 절로 난다.

서울 근교를 산행할 때 지하철은 더없이 편리하다. 웬만하면 다 연결이 된다.

서울 둘레만 해도 삼성산481m, 관악산629m, 우면산299m, 구룡산283m, 대모산293m, 청계산620m, 인릉산326.5m, 청량산480m, 남한산성, 일자산, 아차산316m, 용마산348m, 불암산508m, 수락산638m, 사패산532m, 도봉산740m, 북한산837m, 인왕산388m, 북악산342.5m, 남산262m이 서울을 둘러싸고 있다. 산 모두가 저마다 특색이 있고, 자기의 신체 조건과 형편에 맞추어 산행하기에 더없이 편리하고 고마운 산들이다. 이들 산이 서울 시민에게 건강과 친목 다짐에 톡톡히 한몫을 하고 있다.

오늘 산행에도 지하철이 무척 고마웠다. 지하철에서 연결되는 지상철은 온 사방이 탁 트여 차창에 스치는 풍경들이 무척 정겹다. 봄철이라서 길가에는 개나리, 벚꽃들이 만발이고, 산속에는 진달래가 한창이라 보는 즐거움에 흠뻑 취했다.

지상철이 양수리 철교를 지날 때 북한강 풍경은 가슴을 시원하게 뚫어준다. 주변 산과 강물이 어우러져 자연이 펼치는 산수화는 아름다움의 극치다.

오늘 산행은 시작부터 마음이 여유로웠다. 겨울옷을 벗고 봄옷으로 갈아입는 계절의 현장을 놓치지 않고 살펴보는 기분이 아주 상쾌했다. 여기저기를 살피느라 발걸음이 더뎠다.

산 높이에 따라 층층으로 나무의 잎과 싹을 틔우는 모양새가 달랐다. 가지 끝마다 연초록이 오물거리면서 봄기운을 토하고 있었다. 자연의 조화와 반응이 온 산을 가득 메우는 오묘함은 그저 경이로울 뿐이었다.

산행의 묘미는 가깝고, 먼 곳을 바라볼 수 있는 이른 봄과 늦은 가을이 제격이다. 연중 3,4월과 10,11월이다. 숲이 무성한 여름은 하늘이 가려 햇볕은 피하지만 날파리, 벌레와 거미줄이 성가시고, 먼 곳을 볼 수가 없어 갑갑하다. 겨울철에는 날씨가 춥고, 바닥이 얼고, 눈이라도 쌓이면 안전 산행에 무리가 따른다.

하지만 사계절이 있어 산행자는 계절의 유혹을 받는다. 산은 계절마다 특색이 있어 그 유혹을 떨치지 못한다.

산에도 이제 본격적인 봄이 시작되었다.

낙엽 진 나무들이 모두가 연녹색 잎눈을 살포시 내밀고 또 한 해의 새 출발을 다지고 있었다.

세월은 성장이다. 성장은 한계가 있다. 생명체가 있는 어떤 것도 영원한 삶은 없다.

오늘도 산속을 걷다 노목이 되어 쓰러지고, 부러지고, 넘어진 현장을 보고 삶과 죽음을 떠올렸다. 만물이 태어나면 언제인가는 죽게 되어 있는데 유독 인간은 죽음을 받아들이지 않으려고 안간힘을 쓰고 발버둥을 친다. 종국에는 죽음을 맞으면서 온 집안을 쑥대밭으로 만들어 놓고 떠난다. 생명을 잃고 쓰러진 나무둥치가 옆 나무 가지에 걸려 성장을 해치고 있는 것과 흡사했다.

죽으면서 어느 누구에게도 부담은 되지 말아야 한다는 생각이 절절했다.

옥산을 지나면서 산길에 진달래꽃이 한창이었다. 연분홍 꽃잎이 화사한 게, 공연히 마음이 들뜨고 설렜다. 이팔청춘도 아닌데 마치 미녀를 보는 듯 가슴이 뿌듯했다. 나도 놀라 진달래꽃잎을 따서 한 입 물었다. 어릴 적이 회상되었다. 봄이면 동네 야산에 올라 진달래꽃을 한 아름 따서 먹기도 하고, 병에 꽂기도 하고, 가지고 놀던 시절이 있었다. 어른이 되어 진달래술을 만들어 마시기도 했다. 담그고 몇 년을 곰삭혀 둔 것이 색깔이며 맛이 천하일품이었던 기억이 되살아났다.

몹시도 가파른 오르막이나 내리막길에 낙엽이 수북이 쌓여, 발을 내디디면 미끄러워 걷기가 여간 불편하지가 않았다. 낙엽 하면 가을인데, 봄날 온 산 바닥을 뒤덮은 낙엽은 계절 감각을 잃게 했다. 마치 두 계절을 한꺼번에 보는 듯하여 색다른 운치는 있었다.

청계산 정상은 사방이 탁 트여 조망이 아주 좋았다. 가끔 와 본 산이었지만 산행길이 달라서 새로운 분위기가 있었다.

아주 가파른 바위 틈새를 비집고 숨차게 올라와 정상에 서니 가슴이 뻥 뚫렸다.

거쳐 온 산맥을 건너다보니 용문산이 멀리 보이면서 유명산과 소구니산 능선이 파노라마로 펼쳐졌다. 가야 할 방향을 바라보니 운길산과 예봉산이 장막을 치고 있었다. 그 앞으로 북한강 줄기가 띠를 두르고 있었다. 앞쪽으로는 북한강과 남한강이 만나는 팔당호 두물머리가 햇빛을 반사하고, 그 뒤로 검단산이 버티고 있는 풍경이 아름다웠다. 산경과 호수가 한 폭의 그림이었다.

산은 믿음이고 물은 풍요를 상징해 준다. 산행을 하면서 산과 물을 만나는 것은 행운이고 축복이다. 천하 명당이 배산임수背山臨水라는 이치를 알 듯했다.

청계산 정상에서 급경사 내리막길을 힘들게 내려섰다. 어제 내린 비로 물기를 품은 낙엽이 수북하여 몹시 미끄러웠다. 밧줄이 매어져 있었지만 급경사로 몸의 중심을 잡기가 수월치 않았다. '안전, 안전' 하고 마음을 다잡으면서 한 발짝 한 발짝 주의에 주의를 더했다. 위험은 조심하는 것이 최상이다.

송골고개를 지나다 좌측 날카로운 산비탈에 층층으로 된 돌담이 보여 찬찬히 살펴보니 공원묘원이었다. 산복 도로가 뱀이 뒤틀듯이 접근하고 있었다. 건물 50층 높이쯤으로 보였다. 산 경사면을 깎고 깎아서 조성했다. 볼수록 볼썽사나웠다. 시체를 땅에다 묻고, 화장을 해서 골분을 돌탑 속에 넣어 산속에 보관하는 것이 진정한 효도이고 숭조정신崇祖精神인지 우리네 장묘문화가 안쓰럽다.

가끔 호화 분묘를 보면, 조선시대 왕릉과 사대부 묘역을 본받아

자기 신분을 과시하려는 졸부나 '개천의 용' 근성이 아닌가 싶기도 하다.

죽음은 사라지는 것인데, 사라지지 못하게 가두어 두는 것은 인간의 끝없는 탐욕과 불안감 때문일까. 고인에 대한 영생의 기원보다는 산 자의 영화를 간절히 바라는 탐욕의 끈이 산속에 널렸다.

오늘 구간에는 이름이 지어진 고개가 많았다. 농다치고개, 말고개, 노루고개, 된고개, 송골고개, 벗고개가 능선을 가로지르고 있었다. 능선 산행을 하면 고개를 넘는 것이 아니고, 고개를 건넌다. 그럴 때마다 능선을 내려서고, 다시 오른다. 산이 많은 우리나라에서 옛 고개는 인심과 내왕의 소통 길목이었다.

가파른 봉우리를 몇 개 오르고 내리다 보니 기운이 다했다. 능선 등반이 힘든 것은 몇 개의 봉우리를 오르고 내리고 연속을 하다 보면 심신이 지친다. 오늘도 그랬지만 한강기맥 종주라는 목표가 있고, 산행이 연속될수록 목표치가 가까워진다는 기대감이 기운을 살려주었다. 더더욱이나 지나치는 산길에 펼쳐진 자연의 오묘함이 마음을 풍요롭게 채워 주어 산행은 즐겁기만 했다.

16구간<7차 산행>

벗고개 → 두물머리

* 벗고개 -0.9km- 389m봉 -2.9km- 갑산공원묘지 -3.6km- 106.7m봉 -1.2km- 양수역 -1.8km- 두물머리 = 10.4km

산행 일시 : 2015년 4월 24일 금요일

- 날씨 : 맑음
- 산행 거리 : 10.4km
- 산행 시간 : 5시간 50분(08:30-14:20)
- 산행 비용 : 41,500원(택시 20,000원, 식대 16,000원, 간식 5,500원)

일정 진행

→ *07:00 - 08:00* 지하철 3호선 강남 신사역에서 출발 옥수역에서 국철로 환승하여 양수역 도착

→ *08:10 - 08:30* 택시 이용 벗고개 도착

→ 08:40 - 14:20 벗고개에서 산행 시작하여 양서고등학교
후문을 거쳐 양수역까지 산행
→ 14:20 - 15:00 양수역 앞 식당에서 점심 식사
→ 15:00 - 16:00 양수역에서 세미원 거쳐 두물머리까지 보행
→ 16:30 - 16:40 콜택시 편으로 양수역 도착
→ 17:13 양수역 출발 귀경

구간 산세

벗고개에서 389m봉, 466m봉, 450m봉, 343m봉, 갑산공원묘지, 218.7m봉, 201m봉, 106.7m봉을 거쳐 양서고등학교 후문, 양수역까지 동네 뒷동산을 거니는 듯한 구간이다.

기맥연결 주의지점

이 구간에는 한강기맥 표지가 거의 안 되어 있고, 간간이 산 리본이 달려 있으나 산길이 애매한 곳이 더러 있다.

450m봉을 지나면 좌측으로 기맥 능선에서부터 산지 개발을 하고, 잘라낸 나무들이 사방에 흩어져 있어 길 연결에 주의가 필요하다.

갑산공원묘지를 내려서면 기맥 산길 연결이 혼란스럽다.

공원묘지를 조성하느라고 산 능선이 잘려졌다. 두물머리 방향으로 길을 찾아야 한다.

양서고등학교 뒤편으로 주택 개발이 되어 있어, 주택단지와 연결되는 도로 좌측으로 돌아 양수역 건물을 통해 양수역 앞 도로 따라 연꽃단지인 세미원을 거쳐 한강기맥 종점인 두물머리를 만난다.

산행 이야기

양수역에서 택시 편으로 벗고개에 도착했다. 양수역을 벗어나 도로변에는 청정계곡이 주변 산세와 어우러져, 주택단지가 군데군데 조성되어 운치가 있어 보였다. 하지만 자연 훼손이 눈에 거슬렸다. 주로 도시 사람들의 별장용으로 사용된다는 택시 기사의 이야기를 듣고 이재에 밝은 개발꾼들의 안목이 놀라웠다.

벗고개는 도로가 지나고 있었다. 고갯마루에는 도로를 만드느라 산 능선을 잘라버려, 따로 동물 이동로를 만들어 두었다. 10여 미터의 폭으로 터널 덮개를 씌워 흙을 깔았지만 양쪽 경사가 너무 가팔라 동물들이 지나다니기에는 어렵게 되어 있었다.

현장 감각 없이 모양새만 흉내를 낸 것이 무척 아쉬웠다. 현지를 점검해서 보강공사를 하여 동물들이 자유로이 넘나들 수 있게 했으면 하는 마음을 담고, 넘어지지 않으려고 안간힘을 쓰고 깔딱고개를 치고 올랐다.

산 나무들이 봄을 맞이하느라 바쁜 모습들이 눈에 띄었다. 침엽수들은 모진 겨울을 온몸으로 버텨내느라 녹초가 된 몸을 살랑대는 봄바람에 단장을 하고 있었다. 낙엽수들은 연초록 새눈들이 가지 끝마다 살포시 고개를 내밀고 있는 풍경이 정겨웠다. 풀싹들도 겨울잠을 깨고 낙엽을 헤치고 빠끔히 햇빛을 받고 있는데 밟기가 민망했다. 온 산이 꿈틀거리는 형상이 느껴져 산행은 한결 신명이 났다.

산은 있는 그대로 보이고 느껴져 산에만 오면 몸과 마음이 맑아진다. 오늘도 그랬다.

갑산공원묘원으로 내려서는 경사가 급해 몸을 지탱하느라 정신이 아찔했다. 산행을 하다 잘못해 넘어지면 낭패다. 그러기에 바위 틈새 오르고 내리기, 급경사 길, 너덜 지대는 더없이 조심을 해야 한다.

갑산공원묘원에는 한때 대중의 사랑을 받고, 한국 영화계에 큰 흔적을 남긴 미모의 연예인이었던 최진실 씨 묘역이 있었다. 고인의 넋을 기리는 유품과 흔적들이 장식되어 있는 구역이 돋보였다.

삶과 죽음에 어떤 의미가 있는지를 되새겨 보았다. 죽음은 모든 생명체가 자연으로 돌아가는 과정인데 유족들은 영원한 이별을 호화 묘소로 치장하여 위안을 얻는다.

많은 세월이 흐른 후에 관리하는 사람도 없고, 찾는 사람마저 없어지면 묘역은 흉물로 변할 게다. 죽은 자보다 산 자의 욕심을 만족시켜 주는 장례문화는 언제까지 가려나. 대대손손이 융성하리라 믿고 또 믿는 거지.

한강기맥의 종점을 갑산공원묘원을 지나 노적봉을 거쳐 북한강으로 명시한 자료가 공식화되다시피 알려져 있다.

한강기맥은 북한강과 남한강이 만나는 두물머리가 종점이 되는 것이 산맥 흐름으로 보아 합당하다.

관계기관에서 공인된 자료를 정리하여 국토의 객관적인 관리가 되어야 할 부분이다. 하루빨리 한반도 산맥의 공식적인 정리가 되기를 기대한다.

갑산공원묘원에서 양수역까지 기맥 종주 길은 이음이 무척 신경이 쓰였다. 애매한 지점이 더러 있었다. 산이 높지를 않아서 산 너머 마을끼리 내왕이 되는 산길이 여기저기로 나 있어 혼란스러웠다. 산세 지형을 잘 살펴야 하는데 나무들이 가려서 애를 먹었다.

양수역 앞뒤는 지역 개발로 산맥이 완전히 없어져 버렸다. 개발되기 이전의 모습을 연상하면서 도심을 걷는 수밖에 없었다.

한강기맥 발귀현에서 북한강과 남한강이 만나는 두물머리까지 산행을 끝마쳤다. 전체 구간에서 절반 가까이를 한 셈이다. 나머지 구간은 산맥도 우람하고 고도도 높고 하여 사실 망설여지는 심리적 부담도 있었다. 이제 절반을 했으니 남은 구간을 꼭 하고야 말겠다는 결심이 다져졌다.

두물머리에 서니 북한강과 남한강이 만나면서 팔당댐이 받쳐주어 거대한 호수가 되어 있었다. 내륙에 이렇게 넓은 물바다가 있다는 것이 놀라웠다.

검단산, 예봉산, 운길산, 부용산, 정암산에 둘러싸인 팔당호는 한반도 중심의 보물이었다. 강가를 서성이며 호수 주변에 펼쳐진 산경에 흠뻑 빠져 정신을 놓았다.

금강산 산줄기에서 흘러온 북한강 물과 태백 검룡소에서 흘러온 남한강 물이 '두물머리'에서 만나 큰물을 만들어 서울을 관통하여 서해로 흘러 태평양에서 세계 여러 나라의 물과 만날 것이다. 해류 따라 인도양, 대서양까지 갈지도 모른다.

한반도 산은 어디를 가나 산림이 울창하다. 전국의 온 산이 헐벗은 시절에는 매년 식목일을 정해 두고 국가행사로 산에 나무를 심었었다. 지금은 기름과 가스가 난방과 주방 연료로 바뀌면서 산은 숲이 덮이기 시작했다.

여름 산은 날씨가 무더운데다 시야가 가리고, 넝쿨 식물이 뒤엉겨 산행하기가 무척 불편하다. 모기며, 날파리도 극성을 부린다.

같은 계절이라도 산 높낮이와 위도에 따라 기온 차이가 난다. 한강기맥 종주를 맨 위쪽인 오대산 두로봉에서 시작하여 두물머리에서 마무리하는 것이 바람직했지만, 계절의 변화와 기온차를 고려하여 기맥 아래쪽을 먼저하고, 위쪽을 그 다음에 하기로 한 것이 잘된 결정인 듯했다.

절반의 종주가 마무리 되었으니 남은 절반을 위하여
아자, 아자, 파이팅!

<제3부>

한강기맥에서 만난 자연의 신비

산은 자연이다

자연은 신비 그 자체다

산은 신비로 꽉 찬 정원

산은 가꾸어 놓지 않아도
너무 너무 멋진 정원이다.
누구의 손길도 없는데
어디 한 군데 나무랄 데가 없다.

수백 종의 식물이 섞여 있는데도
스스로 제자리를 찾아
자기 모습을 활짝 드러내고 있다.

싫으면 그 자리를 찾지 않는다.
서로를 탓하지 않고
더불어 사는 모습이
그저 아름답다.

산은 살아있는 정원이다.
산 속에 있는 모든 생명들이
가만히 있는 듯
움직이는 듯 그저 조용하다.

봄, 여름, 가을이면
숱한 야생화가 제철에 피어
산행을 즐겁게 해 준다.

겨울이면
적막한 풍경이
가슴으로 안겨 온다.

잎 식물
줄기 식물
넝쿨 식물
둥치 식물들이
낮게
높게
너르게
제 영역을 만들고는
열심히 자라고 있는 모습은

보기만 해도 장관이다.

산은 거대한 산소 공장이다.
온갖 식물들이 산소를 뿜어
또 다른 생명을 보듬어준다.

산은 자연이 펼쳐 주는
거대한 패션장이다.
봄이면 온갖 꽃으로 단장을 하고
여름이면 무성한 숲으로
가을이면 색색의 단풍으로
겨울이면 백설을 덮어쓰고
자연의 섭리를
침묵으로 깨우쳐 준다.

산은
사계절 내내
언제 가도
생기가 넘친다.

산은 생동감 넘치는
천연 작품 전시장

산은 자연이 빚은 작품 전시장이다.
온갖 자태와 풍경들이 발걸음을 옮길 적마다
새로운 모습으로 다가온다.

청명한 날의 선명한 풍경
운무가 산허리를 둘러친 산경
바람결에 일렁이는 숲들의 군무
바위 절벽을 타고 쏟아지는 폭포수
긴 세월을 버틴 노송의 늠름한 모습
쭉쭉 뻗은 고목들
천태만상의 바위들
철 따라 피는 온갖 꽃들의 자태

단풍으로 치장한 숲들의 일렁임
눈으로 보는 것만으로도 감탄이다.
어떤 예술가도 미화시킬 수 없는 만고강산이다.

황금색으로 반짝이는 복수초
보라색을 덮어쓴 벌깨덩굴
수줍은 듯 다소곳한 할미꽃
잡목 사이로 얼굴 내민 금난초
바위에 붙어 은은한 향기를 풍기는 석곡난

이른 봄추위에 아장대는 얼레지
큰 잎 눌러쓴 은방울꽃
땅바닥 잎 깔고 앉은 민들레
야릇한 색깔을 머금은 매발톱꽃

청사초롱 꽃망울로 장식한 개불알꽃
언 땅 녹기 무섭게 꽃자루를 내미는 노루귀
요사한 연노란색 꽃으로 단장한 삼지구엽초
잔설에 고개 내민 홀아비바람꽃

바위틈 옹기종기 모여 노란 꽃 상 차린 기린초
풀숲에 우뚝 솟아 고깔모자 꽃다발 들고 있는 노루오줌

연보라색 꽃잎에 길쭉한 수술로 멋을 낸 비비추

이 꽃들에 벌과 나비가 하느작거리면
생동감은 더욱 환상적이다.

산등성이 바위 위에 올라탄 물개상
숲 속을 엉금엉금 기는 거북바위
삿갓 쓴 도인석
다소곳이 고개를 숙인 미인석
남성의 심벌을 쏙 빼닮은 남근석
애틋한 사랑을 속삭이는 연인석
호랑이와 사자 모양을 한 맹수바위
하늘을 찌를 듯 치솟은 바위 봉

이 모두가 오랜 세월 자연이 빚은 작품들이다.

산을 가면 하루가 다르게 변하는 모습도
자연이 연출하는 오묘한 장면들이다.

산을 가면 굳이 화랑을 가지 않아도
자연이 빚어낸 온갖 비경을 만난다.
탁 트인 넓은 공간에서

마음 가는 대로 보고 느끼기만 하면 된다.
산은 누구나 욕심을 낼 수는 있지만
가질 수는 없다.
옮길 수도 없다.

그 자리에 내가 가면
언제라도 만나는 자연이다.

산 향 만취

산을 가면
산 향이
온 산에 넘실거린다.

풀 향
꽃 향
꿀 향
잎 향
열매 향
뿌리 향
골짝 물 적시고
숲 사이 바람에 실려
마시고 취하면
가슴이 스르르

산 향에
푹 젖어든다.

그 향 그리워
그 향 찾아

오늘도 나는
배낭을 꾸린다.

산 타령

가끔 만나는 지인들이 “요즘도 산에 다니느냐”고 묻는다. “그렇다”고 대답하면, “못 말려, 이젠 그만하라”고 닦달이다.

“건강 때문이야, 체력 자랑이야.”

“나이도 생각해야지. 이제 넘어지면 끝장이야.”

산을 왜 가는지 알지도 못하면서

‘걱정인지 핀잔인지’ 도시 종잡을 수가 없다.

같은 말을 자주 듣다 보니 나 자신도 산을 왜 가는지 궁금해질 때가 있다.

따지고 보면 등산이랍시고 배낭을 메고 산을 찾은 지가 수십 년이다. 매주 수요일 옛 동료들과 모임 산행을 한 지도 15년이 지났다. 정기 산행 외에는 혼자서 전국 산행을 즐기는 편이다.

“혼자서 산행은 위험하지 않나. 위급한 상황을 당하면 어쩌려고. 혹여 사고라도 나면 연락은 어떻게 하나."

지당한 말들이다. 사실 혼자 산행은 안전에 함정이 숨어있다. 그런데도 나는 혼자 산행을 고집한다.

산을 혼자서 가면 우선 홀가분하다.

어느 산을 가야 할지, 어떻게 가야 할지가 자유롭다.

함께라면 산행할 사람을 찾아야 하고, 가야 할 산도 의견을 맞추어야 하고, 준비와 진행도 일일이 묻고 답해야 한다.

지방의 산은 여행과 산행이 함께해서 더 좋다.

낯선 고장을 찾아서 떠난다는 설렘이 소년의 마음이고, 차창에 스치는 서정과 낭만이 가슴으로 안겨든다. 이름 모를 산야에 펼쳐지는 온갖 풍경들도 정겹다.

산행은 혼자일 때 누구의 방해도 받지 않고 순수 자연을 그대로 보고 느낄 수 있어서 좋다. 지나온 세월을 반추해 보기도 하고, 녹슨 추억을 들춰내어 지난 세월을 산길에 펼쳐보기도 한다. 현재의 나를 까발려놓고 점검해 보는데도 안성맞춤이다.

산은 언제 가도 자연의 끊임없는 변화에 경이와 감탄으로 온몸에 전율이 일기도 한다. 산속에 수도 없는 능선과 계곡, 나무와 바위, 꽃과 열매, 벌과 나비, 산새와 산짐승, 바람과 구름들이 시간과 공간에 잘도 어울려 태평세월이다.

산을 혼자 가면 인내와 성취의 뿌듯함이 안겨온다.

목적 산행이면 힘들어도 해내야 한다. 중간에서 뒤돌아서면 아쉬움이 밀려온다. 산길이 험해 체력이 부치면 중간에서 포기하기 일쑤이다.

세상을 살면서 힘이 부칠 때가 많다. 힘들다고 포기해 버리면 삶은 허망하다. 일생을 살면서 좌절과 절망을 딛고 일어설 수 있는 끈기를 키워야 한다.

산에 가면 힘든 삶을 헤쳐 나가는 지혜의 길이 보인다.

산은 힘들 때 용기를 심어 준다.

산은 심란할 때 마음을 다독거려 준다.

산은 외로움을 어루만져 준다.

산은 자연의 순리와 이치를 가르쳐 준다.

산은 더불어 사는 현장을 보여 준다.

산은 순수 아름다움을 안겨다 준다.

산은 만물의 존재 의미를 살피게 해 준다.

산은 언제 가도 반겨주지는 않지만 거절하지도 않는다.

산에 가면 한 번에 온갖 것을 보고 느낄 수 있어서 그래서 좋다.

보고 느끼는 만큼 세상을 보는 눈이 열린다.

산에 가득 찬 산경을 보노라면 새삼스런 뿌듯함이 온몸에 감겨온다.

산은 산이라서 좋다

산은 모두를 품고, 내뱉지를 않는다.
인간은 필요한 것만 받아들이고
쓸모가 없으면 뱉어버린다.
그래서 인간은 갈등과 적이 생긴다.
모두를 끌어안는 것이 잘 사는 길이다.

왜 혼자서 산행이야
위험하지 않나
외롭지 않나
무슨 재미로

불편할 텐데
별난 취미도 다 있네…….
산을 가 보면
다시는 같은 말을 하지 않을 것이다.
왜 가는지를 알 테니까.

산에서 나를 만난다.
행복했던 순간들
고마웠던 추억들
미안했던 사연들
아쉬웠던 일들
서운했던 인연들
힘들었던 시간들

희미한 기억들과 함께
이제는 모두가 삶의 흔적들로 남는다.
산은 지나온 세월 모두를 안아준다.

산은 멋을 부려도 유행은 없다.
산은 사계절 모두가 아름답다.
언제 만나도 뽐내지 않는다.
그저 있는 그대로를 보여 주는데도, 싫증이 나지 않는다.

유행이 멋을 만들고
멋이 유행을 이끄는
우리네 삶과는 사뭇 다르다.

산은 선택하지 않는다.
그 안에 있는 모든 존재들이
그냥, 주어진 여건과 환경에 적응한다.
그래서, 산은 잘 적응해야 살아남는다는
이치를 터득하게 해 준다.

산은 인내를 가르친다.
가다 힘들 때도 쉬면서 버틴다.
마음먹은 대로 끝나면, 잘 참고 해냈다는 위안을 준다.
살면서도 힘들 때가 많다.
견디고 부딪치다 보면
참은 것이 백번 잘했다는 생각이 들 때가 많다.

산은 가야 만난다.
가지 않으면 산은 늘 그 자리에 있다.
내가 가지 않고 상대가 나에게 다가오기를 기다리는 것은
진정한 만남이 아니다.

산은 단순하다.
인간은 복잡하다.
산을 가면 산을 닮는다.
있는 듯 없는 듯 살라는 이치를 산이 깨우쳐 준다.

산은 다투지 않고 적응한다.
인간은 끝없이 투쟁하고 반목한다.
산을 가면 이해하고, 화해하고, 용서하는 심상心象을 심어 준다.

산을 가면 오관이 열린다.
그저 순수하다.
깔끔하고, 선명하다.
감탄이다.

산은 자연을 받아들이고
인간은 자연을 거부한다.
산은 생사필멸에 의연하고
인간은 사생결단을 한다.

산과 물은 조화이고 질서이다.
산과 물은 다투지 않는다.
필요한 만큼만 가지고

모자라면 채운다.

남자와 여자도 조화와 질서다.
그런데도, 죽을 때까지 다툰다.
서로가 갖기만을 원하기 때문이다.
산은 조용하다.
인간은 시끄럽다.
산은 침묵이고
인간은 태어나면서부터 울기 시작했다.

산은 꾸미지를 않는다.
있는 그대로를 보인다.
숨기지도 않는다.
인간은 꾸미기를 즐겨한다.
심지어 마음까지도.
산은 진정인데 인간은 가면이다.

산은 순리에 절대복종이다.
오로지 따를 뿐이다.
인간은 복종을 아주 싫어한다.
자기가 군림해야 하기 때문이다.

산을 가면
도전과 인내와 용기를 심어 준다.
순수한 마음을 일깨워 준다.
추억이 되살아온다.
진정한 나를 만나게 해 준다.
지친 심신을 어루만져 준다.
새로운 꿈을 담아주기도 한다.

산은 몸과 마음을 제대로 되돌려주는
신비의 광장이다.

산행 에티켓

산행에도 지켜야 할 예의가 있다.

혼자 산행이든 여러 명의 산행이든 자연을 사랑하고 즐거움을 더하기 위해서는 서로가 지키고 갖추어야 할 행동 양식이 있다.

산은 자연이고 아름다움이다.

자연이 망가지면 질서와 조화 그리고 아름다움이 사라진다.

한반도의 70%가 산지라고 한다.

전국 어디를 가나 숲이 무성한 산은 한반도와 영원히 함께하는 국토의 알짜배기 자산이다.

산은 우리 모두가 관심을 가지고 소중하게 챙겨야 한다.

나로 인해 산이 훼손된다면 산을 사랑할 자격이 없다.

나 하나의 작은 방심이나 실수로 산이 망가지는 것은 용서받지 못할 자연 훼손 행위이다.

산을 가는 사람이면 누구나 산을 사랑하는 마음가짐과 산을 아름답게 보존한다는 지극 정성이 있어야 한다.

쓰레기 버리지 말기

페트병, 유리병, 나일론, 플라스틱 제품 도로 가져가기

먹고 남은 음식물, 휴지, 땅에 묻기

버너, 라이터 성냥 휴대 안 하기

담배 피우지 않기

산에서 조리 금지

산에서 불 지피지 않기는

산행자의 기본 수칙이다.

산행을 하다 보면 불썽사나운 현장을 더러 본다.

어떤 분이 말했다.

산행에서 쓰레기를 버리는 사람은 나쁜 놈

다른 사람이 버린 쓰레기를 보고 그냥 지나가는 사람은 나쁜 사람

자기 쓰레기를 자기가 가져가는 사람은 예쁜 사람

자기 쓰레기에다 남이 버린 쓰레기까지 주워 가는 사람은 착한 사람이라고 한 말에 전적으로 동감을 한다.

산행을 하면 뒷사람을 위한 배려도 빠질 수 없는 산행 에티켓이다.

산길에 쓰러지고 부러진 나뭇가지 치우기
발길에 걸려 넘어지기 쉬운 넝쿨, 나무뿌리 제거
훼손된 안내 표지 손질하기
현장에서 처리가 곤란하면 후에라도 관할 행정당국에 연락해 주는 성의
갈림길에 바른 길 안내 산 리본 매달기

산행을 하면서 마주치는 사람과의 인사도 산행 에티켓이다. 가벼운 목례도 좋지만 한마디 말이 산행에 기운을 돋우고 즐거움을 더할 수 있다.

"반갑습니다."
"즐거운 산행 되세요."
"어디서 왔습니까."
"대단합니다."

산행 중에 부상자나 체력이 소진된 사람을 만나면 일행이든 아니든 적극적으로 도움을 주어야 한다.

식수(갈증해소)
필요 의약품(소지품)
보온에 도움이 되는 물품
응급조치(마사지, 인공호흡, 상처)
긴급구호 요청(119, 114)

가족 연락 보조(전화)

그냥 지나치면 큰 죄를 짓는 것과 다를 바 없다.

산길 통행에도 예의가 있다.

일행이 있을 때는 가급적 일렬로 가야 한다. 옆으로 나란히 가면 다른 사람의 진로 방해가 된다.

통행 중에 마주치면 서로가 양보하는 자세가 필요하다. 자칫하면 충돌이 생길 수 있다. 산길에는 연령이나 계급이 없다. 먼저 양보하는 사람이 아름답다.

급경사 길은 위쪽에 있는 사람이 안전하게 내려오도록 아래쪽 사람이 길을 터 주어야 한다.

우리나라 산에는 귀한 나물이나 약초가 많은 편이다.

마구잡이로 채취하고 난장판을 만드는 행위는 하지 않아야 한다.

산행을 하면서 휴대용 라디오나 음악 기기는 가급적 이어폰으로 혼자서 즐겨야한다. 음향이 외부로 크게 들리면 다른 사람에게 불쾌감을 줄 수 있다. 산행은 서로가 즐거워야 한다. 산도 인위적인 소음에 긴장할 듯도 하다.

산행에는 가급적 애완동물을 동행하지 않는 것이 바람직하다. 설사 안거나 목줄을 매고 다닌다 해도 다른 사람에게 불쾌감을 줄

수 있다. 산에 익숙하지 않은 동물에게 학대가 될지도 모른다.

어떻든 산은 순수하고 아름답게 보존되어야 한다. 산을 가는 사람은 방심이나 부주의로 산을 훼손하거나 추하게 하지 않아야 한다.

산행 인구가 2,000만 명에 가깝다고 한다.

한 사람이 한 가지씩만 잘 해도 산은 언제나 생기가 넘치고 아름답게 보존될 수 있다.

나 한 사람의 산 사랑이 자손만대에 멋진 유산이 될 것이다.

<제4부>

산길서 만난 세상 이야기

살아 있다는 것은 축복이다
살면서 만난 흔적들이
산행에서 메아리쳐 온다

지하철 진풍경

서울 지하철은 세계에서 제일이라고 한다.

거미줄처럼 깔린 편리성이며, 청결한 환경이며, 승객들의 질서 의식은 최고란다. 지하철을 탈 적마다 백번이고 공감이 간다.

지하철은 온갖 직업의 사람들과 연령대가 어우러져 타고 내리는 만남의 사랑방이다. 가장 가까운 장소에서 가장 많은 얼굴들을 만난다.

사람들의 생김새와 표정도 제각각이다.

조물주의 순열 조합 솜씨가 놀라울 정도로 절묘하다.

딱히 눈 둘 곳이 없어 여기저기를 보다 보면 얼굴 모습이나 표정들이 정겹기도 하고 쑥스럽기도 하다. 안쓰럽기도 하고 민망하기도 하다. 착하기도 하고 고약하기도 하다.

의상들도 가지각색이다.

같은 옷을 입은 사람은 어디에도 볼 수가 없다. 제조 공장이 한 사람만을 위해서 만들지는 않았을 텐데 신기하게도 같은 옷을 입은 사람은 볼 수가 없다. 저마다 패션도 개성이 돋보인다. 산뜻하기도 하고 멋스럽기도 하다. 어울리기도 하고 어색하기도 하다. 옷차림에서 그 사람의 행적이 보이기도 한다. 세대별로 차림도 눈여겨볼 만하다. 유행과 개성의 패션장이다.

행동거지도 다양하다.

몸이 축 처져 잠든 사람, 껌을 질근거리고 있는 사람, 과자나 빵을 먹고 있는 사람, 입을 벌리고 하품을 하는 사람, 다리를 쉼 없이 건들거리는 사람, 손거울을 꺼내 들고 화장을 하는 사람, 시끄럽게 잡담을 하는 사람, 스마트폰에 정신을 팔고 있는 사람, 큰 소리로 전화를 하는 사람, 눈을 지그시 감고 명상에 잠겨 있는 사람, 뭐가 그리도 궁금한지 이 사람 저 사람을 뚫어져라 쳐다보는 사람…….

체면이나 예의가 무색한 삶의 현장이다. 일상이 바쁘고 쫓기다 보니 남을 의식할 겨를도 없다.

가장 눈에 띄는 광경은 스마트폰에 온 신경을 모으고 앞도 옆도 보지 않는 사람들이다. 엄지로 신들린 듯 두드리고, 검지로 밀어 올리고 내린다. 귀에는 이어폰을 끼고 눈을 지그시 감은 표정은 여유롭기도 하다.

간혹 책을 들쳐 보고 있는 사람을 보면 이방인으로 느껴진다. 스마트폰이 대중화되면서 사람들의 손에서 책이 멀어졌다. 모든 정보와 지식과 놀이가 그 속에 있으니, 언제부터인가 책이 거추장스럽게 되었다. 변화된 한 시대의 문화와 유행의 현장이다.

삶이 힘들 때나, 세상이 싫어질 때 출퇴근 시간대에 지하철을 타 보면, 지하철 안은 별별 승객들로 콩나물시루다. 밀치고 밀리고 끼어서 불편함이 이만저만 아니지만, 삶의 생동감이 절절히 느껴진다.

모든 사람들이 바쁘게, 힘들게 살고 있는 현장을 보면 자기의 삶을 한번 되짚어 볼 수 있는 동기가 될 듯하다.

후회하지 않는 삶

살다 보면 어떻게 사는 것이 현명한지 더러 반문할 때가 있다. 사람마다 사정이 다 다르니 해답도 다 다를 수밖에 없다.

어느 친숙한 모임에서 질문을 던져 보았다.

"어떻게 사는 게 잘 사는 것이지?" 하니

한 친구가 "새삼스럽게 무슨 소리야. 사는 대로 사는 거지." 한다.

또 한 친구가 "가진 돈 있으면 다 써." 한다.

그 말 듣고 있던 친구가 "좋은 일 하고 살아. 죽고 나면 다 그만이야." 했다.

사람마다 생각이 다 달랐다.

세 사람 모두 그럴듯한 말이다.

그러고 보면 어떻게 사는 것이 잘 사는 것인지는 내 스스로가 알아서 할 일이다.

여건이야 어떻든 내가 만족하면서 살면 잘 산다고 할 수도 있다. 남에게 도움을 주고, 베풀면서 사는 것이 잘 사는 것일 수도 있다.

그러기 위해서는 마음과 물질이 항상 문제가 된다.

마음이 풍족해도 가진 재물이 없으면 삶이 고달플 수도 있고, 어느 정도의 재물이 있어도 마음이 빈약하면 삶이 힘들 수도 있다.

세상 사람들은 가진 것을 베풀면서 살라고도 한다.

욕심을 비우고 살라고도 한다.

상대의 입장을 이해하고 받아들이면서 살라고도 한다.

남을 해치거나 궁지에 몰지 말고 살라고도 한다.

힘이 있다고 상대를 괴롭히지 말라고도 한다.

더불어 사는 세상인데, 남들은 안중에 없고 나만 편하고 즐거우면 그만이라는 속물근성은 잘 사는 처신이 아니다.

지금의 세상은 어떤가.

내 좋으면 그만이고

내 편하면 그만이고

인정사정 볼 것 없고
내가 원하면 다 들어주어야 한다는 세상 아닌가.

남을 의식하지 않는 기계의 노예가 된 세상이다.

지금이라도 후회하지 않는 삶이 되려면
나의 진면목을 찾아야 한다.
나의 진정성을 찾아야 한다.
더불어 사는 공동체 의식을 찾아야 한다.

모임에서 이런 말 저런 말 나눈 뒤에 덕담을 폈더니 "오냐, 너 잘났다." 하고는 한바탕 웃음보가 터졌다.

한평생 살면서 후회 없이 살기는 정말 어려운 일이다.
그래도 관심을 가지고 몇 번이고 다짐은 필요하다.

살아온 삶을 되돌아보기도 하고, 현재의 삶을 되새겨 보면서 지금 내가 잘 살고 있는지를 챙겨야 한다. 더 나은 삶을 살 수 있는 가벼운 고민을 해 보면 더욱 좋을 듯하다.

산으로 가는 국정

얼마 전 국내 일간지에 '우왕좌왕, 山으로 가는 국정國政'이라는 제목을 보고 소스라치게 놀랐었다.

"아니, 국정이 산으로 가다니!"

그러지 않아도 '한강기맥' 종주를 위해 각종 자료를 뒤져보고 있던 터이라 '山'이라는 활자에 관심이 모아졌다.

자세히 읽어 보니, 정부가 중요한 정책을 내놨다가 강한 반대 여론에 부딪히면 백지화하거나 수정을 하는 무소신으로 일관하고, 여당은 표만 의식해서 정부의 정책이 나오는 족족 여론에 부쳐 제동을 건단다. 문제가 생기면 책임을 떠넘기는 무책임으로 받아치니 국가 장래가 좌우되는 정책들은 표류하고 있다고 신랄하게 지적하고 있었다.

정부의 정책에 직접적으로 영향을 받고 있는 국민의 한 사람으로서 국정이 좌왕우왕한다는데 놀라지 않을 수 없다. 국정이 안정되어야 국민은 정부를 신뢰하고 안심을 한다.

국가의 먼 장래를 보지 못하고 소신이나 책임감 없이 그저 눈앞 민심에만 신경을 곤두세우고, 권력과 권위에만 집착하며 연연하는 모양새이니 가슴이 답답하고 안타까웠다.

한 나라의 지도자급이 되면 나라의 발전과 국민의 평안을 위해서 한 차원 높고 깊은 혜안과 통찰력을 가지고 소신 있게 국가 시책을 추진한다면, 두고두고 명관이었다고 칭송을 받을 텐데도, 면전의 이해관계에만 눈이 어두운 것을 보면, '먹이 앞에 장사 없다'는 말이 가슴에 와 닿았다.

좌왕우왕하는 것은 결말이 없다는 것인데 대화와 소통 문화에 익숙하지 않은 국가 관리의 모습이 무척 안쓰럽다.

산을 가 보면 조화와 순리의 모습이 너무나 자연스럽다.
그 속에서도 경쟁과 다툼은 있다. 살기 위해서, 살아남기 위해서 모든 에너지를 동원한다. 무언의 경쟁과 화해를 거치면서 적자생존의 법칙이 철저하게 지켜진다. 간혹 공생을 외면하고 독식하는 식물들이 있다. 자연은 공생共生하는 관계가 상생相生하는 길이고, 독식獨食은 필멸必滅이라는 생태계의 현장을 실감나게 보여준다.

산행을 할 적마다 자연 생태계를 보노라면 인간의 오만과 독선이 사회의 안전과 질서를 망가트리고 있다는 것을 느낀다.

한 나라를 다스리는 국정이 여론에 밀리기 전에 민심을 먼저 읽고 국민의 편에서 정책을 펴면 박수를 받을 것이다.

큰 산을 가면 온갖 어려움에 힘이 부치기도 하지만, 사전에 치밀한 계획을 세우고 준비를 잘 하면 산행은 훨씬 수월해진다.

큰일을 구상하는 사람에게 산행을 꼭 권유하고 싶다.

사랑과 우정

사랑은 그리움이고
우정은 반가움이다.

사랑은 떨림이고
우정은 편안이다.

사랑은 긴장이고
우정은 이완이다.

사랑은 몸으로 통하고
우정은 대화로 통한다.

사랑은 오해가 오해를 부르고

우정은 오해도 이해로 돌아선다.

사랑은 내 안에 있고
우정은 내 곁에 있다.

사랑은 눈으로 오고
우정은 귀로 온다.

사랑은 눈물을 뿌리고
우정은 웃음을 뿌린다.

사랑은 복종에 익숙하고
우정은 소통에 익숙하다.

사랑은 아낌없이 주는 것이고
우정은 숨김없이 나누는 것이다.

사랑은 스스로 우물을 파는 것이고
우정은 호수에 뱃놀이다.

사랑하다 헤어지면 가슴이 아리고
우정을 나누다 헤어지면 마음이 서운하다.

사랑은 예술을 만들고
우정은 예술을 논한다.

사랑은 끝도 없는 욕심이고
우정은 한도 없는 베풂이다.
사랑은 오로지 하나이고
우정은 여럿도 상관없다.

사랑이 우정으로 변하면 어딘가 어색하고
우정이 사랑으로 변하면 짜릿함이 도망간다.

사랑은 다시없는 축복이고
우정은 더없는 행복이다.

살면서 죽을 만큼 사랑하는 사람 있고
언제고 만나고픈 다정한 친구 있다면

세상은 지상의 천국이다.

세상 타령

나들이를 하거나
매스컴을 살펴보면
씁쓸한 현장을 자주 만난다.

주차단속 요원에게
"왜 내 차만 단속하느냐."
"여기도, 저기도."
길길이 설쳐대는 꼴 좀 보소.

길에서 담배 피우다
단속요원에게
"내 담배 내 피우는데 당신이 왜 간섭이냐."
윽박지르는 꼴 좀 보소.

술집서 행패 부리다
신고 받고 출동한 경찰에게
"내가 누군지 아느냐."
"너는 당장 모가지다."
기고만장하는 꼴 좀 보소.

내놓은 부자들
횡령이다, 탈세다
사정기관 들락거리다
갑자기 환자로 둔갑하여
휠체어에 궁상떠는 모습 좀 보소.

그럴듯한 지위에 있는 사람들
성추행이다
성폭행이다
만천하에 망신당하는 꼴 좀 보소.

이권에 눈멀어
감옥 들락거리는 공인들
기죽은 모습 좀 보소.

청문회

'아니오' '모르오' '글쎄요'
인품은 어디 가고
숨기고, 변명하기에
생땀 흘리는 꼴 좀 보소.

법을 위반하다 붙들리면
재수 없다고 하는 세상

법을 지키면
손해 봤다고 투덜거리는 세상

법대로 하면
망한다는 세상

힘센 사람이
큰소리치는 세상

돈이면
무슨 짓도 마다 않는 세상

남이야 어떻든 내 멋대로 해야
속이 시원한 세상

나만 잘나면 됐지
누구도 보이지 않는 세상

나한테 득이 되면
독약도 우선 먹고 보는 세상

이 모두가
바른 세상
밝은 세상과는
천만리나 멀다.
그런데도
잘도 굴러간다.

그건 아니지.

정직과 양심이
세상 모두를 신나게 하는
명약일진대
어디, 명약으로 치유된 세상에서
좀 살아 보자고요.

경찰이 강해야 나라도 강하다

간혹 매스컴에 경찰이 국민이나 여론에 뭇매를 맞는 것을 보면 가슴이 답답해진다. '경찰이 무얼 하느냐'고, '경찰이 왜 이러느냐'고 반문하는 경우를 더러 본다.

국민이 오죽이나 속이 상하면 그럴까 하는 의구심을 가지면서도, 경찰의 존재를 한번 짚어본다.

경찰활동의 현장이다.
태아에서 노인까지
빈부를 가리지 않고
직업을 따지지 않고

온갖 사고와 사건에 파묻혀
오로지 국민을 가슴에 안고

별의별 악조건을 무릅쓰고 밤낮없이 24시간 국민의 안전, 사회의 안녕과 질서를 위해서 온몸을 던져 챙기고 살핀다.
사생활도 접어야 하고, 때로는 위험에 맞서 생명마저도 팽개쳐야 하는 고달픈 직업이다.

어린이가 물에 빠져 허우적거리는 현장을 본 경찰은 설사 수영에 서툴러도 그 어린이를 구조해야 하는 임무가 있다.

노약자가 길에 쓰러져 있으면 경찰은 어떻게 해서라도 그 노약자를 도와야 한다.

한밤중 으슥한 골목길을 가던 사람이 순찰 경찰을 보면 안심을 한다.

교통사고를 당했을 때
집에 도둑이 들었을 때
길에서 치한을 마주쳤을 때
소매치기를 당했을 때
물건을 잃어버렸을 때
신변에 위협을 느꼈을 때
다급하여 제일 먼저 찾는 사람은 가족도, 친구도 아니고, 바로 경찰이다.

경찰은 국민의 안전과 사회 안정을 위해 무한 헌신 봉사한다는 철저한 사명과 보람이 자존심이고 위상이다.

한국 경찰의 역사는 파란만장하다.
조선 시대에는 포도청이란 위압적인 제도가 백성과 거리가 멀었었고, 일제강점기에는 민족 탄압과 착취의 앞잡이로 낙인찍혀 인식이 나빴고, 광복이 되어 미군정 시에는 좌우익 소용돌이 속에서 좌익 세력을 축출하느라 많은 희생을 견디어 내야 했다.

6.25 전쟁 중에는 한반도 적화를 막아내느라, 한때는 독재정권을 타도하자는 민중의 거센 항거와 산업화 개발 과정에서의 과격한 분규에 대응하느라, 민주화 과정에서 과격 시위에 대처하느라, 경찰은 이리 뛰고 저리 뛰면서 건국, 구국, 호국의 역할을 다했지만, 시대상을 외면한 국민들은 경찰의 나쁜 이미지만 기억에 담고 있다.
경찰로서는 당연한 임무 수행이었지만 국민의 시선은 곱지가 않았다.

경찰은 대중의 분위기에 휩쓸려 함께할 수는 없다.
오로지 주어진 임무에 충실 하는 것만이 선량한 국민을 보호하고 지키는 최선의 방법이다.
경찰은 치안이 사명이다.

법을 위반하면 누구도 차별 대우를 받거나 예외일 수 없다는 확실한 보장이 경찰의 존재 이유이다. 법이 잘 지켜지는 사회가 살맛나는 좋은 세상이다.

사회질서가 문란하고, 각종 범죄로 국민이 불안해하면 나라의 기강이 흔들린다. 국민은 경찰의 역할을 이해하고 임무를 다할 수 있도록 용기를 치켜세워 주어야 한다.

경찰이 강해야 국민이 안심하고 편하게 살 수 있는 이유가 바로 여기에 있다.

경찰도 거듭 마음을 다지고, 임무에 충실하도록 최선을 다해야 한다. 경찰이 강해야 나라도 강해진다는 신념이 몸속에 배어야 한다.

그러기 위해서는 꼭 챙기고 실천해야 하는 덕목이 있다.

공과 사는 확실히 구분하고 처신해야 한다.

공적인 것과 사적인 것이 부딪치면 사적인 것을 양보하고 공적인 것을 우선해야 하다.

주어진 임무에는 정직해야 한다.

경찰은 정직하다는 이미지가 생명이다. 믿고 따를 수 있다는 신뢰가 경찰의 위상이 되어야 한다.

경찰은 청렴과 친절의 상징이어야 한다.

일반적으로 국민이 갖는 경찰의 이미지는 업무를 통한 갖가지 비리와 불친절한 모습이다. 절대다수의 경찰이 국민을 위해 헌신 봉사하는데 바로 이런 부정적 시각이 경찰을 가장 힘들게 하는 것이다. '아니 땐 굴뚝에 연기 나랴'는 속담을 귀담아 들을 필요가 있다.

업무 처리는 신속하고 공정해야 한다.

맞는 말이기는 하지만 참 어려운 주문이다. 신속하려다 보면 공정성이 염려되고, 공정하려다 보면 신속성이 아쉬울 경우도 있다. 사안에 따라 지혜가 필요하다. 경찰을 상대하는 국민은 속이 답답하다는 사실을 언제나 마음에 새겨야 한다.

한때, 경찰은 '국민을 비하한다' '불친절의 상징이다' '비리의 온상이다'라는 덮어씌우기 식 이미지가 경찰의 사기를 떨어뜨렸지만 이제는 아니다. 정말 멋진 경찰로 국민의 품에 안겨야 한다.

힘든 직업인 만큼 보람도 크다.

경찰은 자기 몸을 태워서 어둠을 밝히는 촛불이어야 한다. 오로지 '사명과 보람'에 신념을 두고 헌신 봉사해야 하는 철두철미한 직업의식이 생명이다.

경찰의 기능과 조직은 국민과 항상 함께할 것이다. 국민을 위한, 국민에 의한, 국민의 경찰이 되어야 나라가 강해진다.

앉은 자리 뒤돌아보기

얼마 전 산행을 했을 때 이야기다. 쉬면서 산행 시계를 풀어 옆에다 놓고는 배낭을 메고 그 자리를 떠났다. 한참을 가다가 시계를 두고 온 것이 생각나서 되돌아가 보니 이미 시계는 없어졌다.

나와 인연이 다하여 나를 떠났다고 생각을 하면서도 그간 정들었던 것이 못내 아쉬워 허전했다.

처음은 아니다. 언제인가 낙남정맥을 종주할 때도 쉼터에서 배낭을 들쳐 메다가 배낭 등판에 매단 윗도리를 빠뜨린 적이 있다.

앉았던 자리를 뒤돌아보았다면 잊어버리지 않았을 것들이다.

그런 일이 있고서는 앉았던 자리를 떠날 때는 반드시 주변을 살펴보리라 스스로 다짐을 했건만, 지금도 깜빡깜빡한다. 습관화되지 않은 탓인 듯하다.

앉았던 자리를 떠날 때 뒤돌아보아야 하는 것은 비단 산행에서 뿐만 아닌 것 같다.

내 주변에서도 앉았던 자리에 물건을 두고, 자리를 떠나 낭패를 본 사람들이 더러 있었다.

안경을 벗어 두고 자리를 뜬 사람
손수건을 버스에 두고 내린 사람
우산을 택시에 두고 내린 사람
전화기를 음식점에 두고 온 사람
윗도리를 커피숍에 두고 온 사람
가지고 간 책을 맥주홀에 두고 온 사람
선글라스를 공원 벤치에 두고 온 사람
손가방을 가게에 두고 온 사람…….

요즘 사회 지도층이 낯 뜨거운 처신을 하는 경우를 더러 본다. 성추행이다, 뇌물이다, 정실이다 하는 내용들이 세상을 떠들썩하게 하는 것을 보면 몹시 안타깝다.

오늘이 있기까지 쌓아온 그들만의 공적들이 한꺼번에 날벼락을 맞는 것은 대망신이고 치욕이다.

그들이 앉아 있던 자리를 한 번쯤 되돌아보았다면 가슴을 칠 유혹에 빠지지는 않았을 터이다.

지위가 남다르면 처신도 겸허해야 하고, 자기 자신에게도 엄격해야 한다. 지나온 세월을 뒤돌아보지 못하고 부정한 욕심에 빠지면 나락에 떨어지는 것은 한순간이다.

작은 방심이 큰 후회가 된다는 사실을 마음에 새겨 두고, 일상생활에서 뒤돌아보기를 습관화해야 한다.

나는 요즘 외출이나, 산행을 할 적이면 의식적으로 앉은 자리에서 일어날 때 뒤를 돌아본다.

살면서 실수나 방심은 언제나 내 곁에 도사리고 있다.

향기 나는 사람

나는 버스나 택시를 탈 때마다 낮은 목소리로 '감사합니다' 하고 기사에게 인사를 건넨다.

기사의 반응은 가지가지다.
맞받아 인사를 하는 사람,
고개를 까딱하는 사람,
무덤덤한 사람,
힐끗 쳐다만 보는 사람,
이런저런 말을 걸어오는 사람…….

간혹 머쓱할 때가 있다.
반응이 없으면 분위기가 무척 어색하고 쑥스럽다.
공연히 몸이 움츠러든다. 지친 삶의 무미건조한 단면을 보는 것 같아 씁쓸하다.

지금 우리 문화는 안면이 없는 사람에게 인사하는 것을 겸연쩍어 한다. 세상인심이 알아도 모르는 척 외면하는 경우가 허다하다. 삶의 여유가 없어서인지, 귀찮은 탓인지는 모르지만 사람의 도리는 아닌 것 같다.

옛날에는 인사를 잘 하는 사람이 훌륭한 사람이라고 들으면서 자랐다. 가정에서도, 학교에서도 그렇게 교육을 받았다. 설날이면 세배를 하는 풍속도 인사 예절을 체험하게 하는 과정이었다.

인사는 어릴 적부터 몸에 배어야 한다. 지금은 어린이들에게 인사를 제대로 가르치는 가정 문화가 사라졌다.

오래 전 일이다. 지인으로부터 '일본에서는 유치원에 입학을 하면 6개월 동안은 인사하는 법만 가르친다'는 말을 들은 적이 있다. 왜 그 나라 사람들이 인사를 극진히 잘하는지를 그때서야 알았다. 조기교육이 몸에 배면 평생을 따라 다닌다. 세 살 적 버릇이 여든 간다는 속담 그대로다.

인사는 서로 간에 경계심을 풀고 친근감을 나타내는 상견례다. 순수한 인정을 내보이는 인성의 기본이다.

어릴 적 습관이 몸에 젖어서인지, 지금도 낯선 사람과 눈이 마주치면 먼저 인사를 건넨다. 어떤 때에는 인사를 받은 사람이 '혹시 아는 사람인가' 해서 당황해 하는 경우도 있다. 그만큼 우리네 인사 문화가 어색해서이다.

인사를 잘하면 사람 됨됨이가 돋보인다. 친근감이 가고, 관심이 주어진다. '인사 잘해서 뺨 맞는 사람 없다' '인사 잘하면 자다가도 떡이 생긴다'는 격언은 빈말이 아니다.

'인사가 귀찮다'는 풍조를 가끔 본다.

엘리베이터 안에서 눈이 마주치면 모르는 사이에도 가벼운 인사를 하는 것이 예의로 되어 있는 서구 사람들과 어색하게 멀뚱멀뚱 무표정하게 쳐다만 보거나 모른 체하는 우리네 문화는 삶이 그만큼 여유가 없다는 증표이다.

나를 아는 것보다 차라리 모른 척하는 생활 문화가 이웃과 담을 쌓고, 친지가 멀어지고, 친분을 서먹하게 만든다.

'출필고出必告 반필면返必面'은 인사의 가장 기본이다.

가정이나 직장에서 밖으로 나갈 때는 반드시 알리고, 돌아오면 반드시 얼굴을 마주하는 것이 가족관계와 인간관계를 돈독하게 하는 끈이다. 서로 간에 안전과 신뢰가 쌓인다. 인정의 전파가 교류된다. 인정이 가득 찬 가정과 사회는 삶의 진정한 행복이 넘쳐난다.

인사를 잘하는 사람한테서는 그 인품에 향기가 난다.

난향은 십 리를 가고, 술 향은 백 리를 가고, 사람 향은 천 리를 간다는 말이 있다.

인사를 잘하면 그 향기가 만 리 안을 가득 채울 듯싶다.

뿌리 근성

산을 가 보면 나무들의 노출된 뿌리를 보고 놀랄 때가 더러 있다.

거센 바람이나 겨울 동안 덮어쓴 무거운 눈을 견디지 못해 뿌리째 뽑혀 넘어진 나무는 모두가 덩치에 비해서 뿌리가 허술하다. 뿌리가 깊이 뻗지 못하고 옆으로만 넓게 퍼졌다. 필시 살아남기 위한 자연의 섭리라 여겨진다.

뿌리가 넓게 퍼져야 산등성이에서 수분을 많이 흡수한다. 필요한 양분을 거두어들이는 데도 뿌리가 깊이 뻗는 것보다는 넓은 면적을 차지해야 한다. 이 모두가 이동이 되지 않는 식물의 자생 생리일 테다.

살아 있는 덩치 큰 나무를 보면 뿌리가 땅 위로 굵게 뻗어 이리

저리 엉킨 모습이 절묘한 경우가 있다. 나무가 서 있는 장소가 불안할수록 뿌리 엉킴은 대단하다.

어떤 도움도 없이 생태적으로 자연조건에 적응하여 스스로를 보호하는 생존 본능이 대단하다.

인간에게도 뿌리 근성이 있다.
삶의 터전이 그러하다.
누구에게서 태어났고
어디에서 성장했으며
어떻게 살아왔다는 근간이 몸속에 깊이 박혀 있다.
그 뿌리가 세월이 흐르면서 몸 밖으로 뻗는다.

인간의 근성에는 양면성이 있다.
밝고 긍정적인 양심이 돋보이는가 하면, 음침하고 볼썽사나운 악성도 있다.

세상이 어수선하고
양심이 타락하고
정의가 무너지면
음침한 근성이 판을 친다.

요즘 세상에서 흔히 보이는 현상들이다.

금방 끓었다가 바로 식어버리는 '냄비 근성'
돈이 생기는 일이라면 혹하는 '비리 근성'
무능해도 내 사람만 챙기는 '파벌 근성'
아니면 그만이고 우선 씹고 보자는 '음해 근성'
상대를 해코지해야 내가 산다는 '중상 근성'
끼리끼리 잘 지내는 꼴을 못 보는 '이간 근성'
남 약점을 야비하게 이용하는 '폭로 근성'
능력이 없으면 비위라도 잘 맞추어야 하는 '아부 근성'
사촌이 논을 사도 배가 아픈 '속물 근성'
남이 잘되는 꼴을 못 보는 '소인배 근성'

선거판, 정치판, 사업판, 경쟁판에서 흔히 본다.
그 속에서 보고, 듣고 살아온 세상판도 오염이 되었다.
이곳저곳 모이기만 하면 못된 근성 판이다.

나쁜 근성은 친구도, 동료도 없다.
공정한 경쟁을 거친 승자에게 박수를 보내고, 진정으로 안아 주는 미덕이 정말 아쉽다.

우리에게는 고난이 닥쳐왔을 때 버텨내는 '끈기 근성'이 있었고, 불의가 세상을 뒤덮었을 때 '정의 근성'으로 이겨냈고, 지독한 가난을 이겨내는 '근면 근성'이 있고, 가난한 사람을 도와주는 '나눔 근성'도 우리 몸속에 잠재해 있다.

지난 세월을 돌이켜 보면 혼란과 급성장이 정도를 잃게 했고, 투쟁과 대결의식이 몸에 배어 나쁜 근성이 깊게 뿌리를 내렸다.

무성한 나무도 뿌리 근성이 있다. 자기 뿌리에만 충실할 뿐이다. 다른 나무뿌리를 해치지 않는다. 자기 뿌리가 튼실하지 않으면 그냥 죽고 만다. 인간과 다른 뿌리 근성이다. 인간은 자기 뿌리가 부실하면 옆 사람을 걸고넘어지는 근성이 있다. '너 죽고 나 죽자' 아니면 '너 죽고 나 살자' 식이다.

산을 덮고 있는 많은 나무들이 숲을 이루고 있으면서도 옆 나무를 해치지 않고, 환경에 적응하면서, 거목으로 성장하고 있는 모습에서, 올곧은 삶의 가르침을 깨우친다.

복 짓는 마음

산을 가면 자연 경관을 보는데 마음을 던져버린다. 그저 단조롭고 편안해지고 싶어서이다.

세상을 살면서 마음만큼 많이 쓰이는 것도 없다. 보고 느끼는 것 모두가 마음에서 우러나온다. 무엇을 결정하고 행동하는 것도 모두가 마음에 따른다. 마음에는 감정이 실린다. 사람에 따라, 쓰임에 따라 별의별 마음이 다 요동을 친다.

'세상만사 마음먹기에 달렸다.'
'마음대로 해.'
'무슨 마음으로 그러느냐.'
'마음이 고와야 착한 사람이지.'
'마음에도 없는 소리, 하지도 마라.'

마음이 뭐길래 사람을 죽이기도 하고, 살리기도 한다.

얼굴도 형체도 없으면서 마음의 변덕은 왜 그리도 많은지 알 수가 없다.

마음 따라 삶은 극과 극을 가른다. 악한 사람도, 선한 사람도 마음이 만든다. 마음은 생각이고 감정이다. 생각과 감정이 행동으로 나타날 때 인간의 모습은 천태만상이다.

사람의 가슴속에는 수십 가지 마음이 뒤범벅이 되어 소용돌이치고 있는데도, 들여다볼 수도 없고, 만져볼 수도 없다. 착하고 선한 마음이 전부라면 세상에는 다툴 일도 죄지을 일도 없을 텐데, 조물주는 인간에게 악하고 나쁜 마음을 함께 주어 평생을 고달프게 한다.

죽음을 각오한 절박한 마음(死心)
남은 안중에 없고 제 욕심만 채우는 마음(私心)
남을 해치려는 고약한 마음(蛇心)

도리에 어긋난 못된 마음(邪心)
속을 드러내지 않고 계산이 복잡한 마음(腹心)

근심 걱정으로 맥이 풀리는 마음(喪心)
슬퍼서 속이 상하는 마음(傷心)

시시각각으로 이랬다저랬다 변하는 마음(變心)

원망과 원한이 꿈틀거리는 마음(怨心)
남을 못되게 해코지하는 마음(惡心)
분수를 모르고 지나치게 탐내는 마음(慾心)
남을 해치려는 야비한 마음(野心)
짐승처럼 사납고 거친 마음(獸心)
원한을 품고 앙갚음하려는 마음(怏心)
신의를 저버리고 배신하는 마음(背心)

이런 마음들이 행동으로 나타날 때 악인이 되고 죄를 짓게 된다. 평생을 자기 마음속에 갇혀 고통을 받는다.

남을 도우려고 애쓰는 마음, 나를 양보하고 상대를 배려는 마음, 어떤 경우에도 남을 해쳐서는 아니 된다는 착한 마음이 온몸에 배어 있을 때 세상은 아름답고, 향기가 난다.

마음이 올곧아야 삶이 편하다.
선한 마음을 가까이하고, 악한 마음은 멀리해야 한다.
착한 마음이 나를 살리고, 고약한 마음이 나를 죽인다.

세상만사는 마음먹기에 달려 있다.

죽고 사는 것도 마음먹기에 달려 있다.
이왕이면 잘 사는 마음이 아름답다.

천국과 지옥도 내 마음이 만든다.
내가 사는 동안 착하고 좋은 일을 많이 해서 죽으면 천국 간다고 믿으면 천국을 갈 것이고, 못된 짓을 많이 해서 지옥 갈 것이라고 여기면 지옥을 갈 것이다.

천국과 지옥이 있는지는 누구도 모른다. 있다고 극구 열변하는 사람도 있고, 없다고 주장하는 사람도 있다.
언젠가 종교에 관한 글을 읽었다.
어떤 열렬한 신자에게 '천국이 있느냐'고 했더니, '그건 나도 모른다. 있으면 다행이고, 없어도 그만이다'라는 내용이었다. 참으로 절묘하고, 공감이 가는 대목이었다.

사람은 기대와 희망이 있을 때 사는 보람을 갖는다.
천국이 있다는 기대와 희망을 품으면 삶을 긍정적으로 받아들이고 마음이 편안하다. 설령 천국과 지옥이 없다고 해도 지옥은 가지 않을 테니, 손해 볼 것은 없다는 마음이다.

사는 동안 착한 마음으로 살면 분명히 복을 쌓는다.
천국이 있으면 천국에도 갈 것이다.

당장은 아니라도 우선은 내 마음이 편하다.

잘 사는 마음밭에 나를 눕혀 본다.

욕망 타령

인간은 욕망을 목에 걸고 태어났다.
욕망은 원시적인 삶의 목적이고 희망이다.
살아 있는 동안 욕망은 꿈틀댄다.
욕망은 충동을 멈출 줄 모른다.

욕망이 무서운 것은 집착에 빠지기 때문이다.
체면, 지위, 권위도 통하지 않는다.
순리가 아니면 역행이라도 풀어야 한다.

욕망은 위험이 따른다.
욕망은 걸러지지 않은 본능이다.
타인에게 피해를 주기도 하고,세상을 시끄럽게도 한다.

욕망에 이성은 마비되고 안전은 위협을 받는다.

욕망에 충실하다 보면 나도 망가지고, 전체가 공멸할 수도 있다.

범죄도 욕망에서 빚어진다.

폭력도 욕망의 돌출이다.

저항도 욕망의 분출구다.

야욕도 욕망이다.

권력욕, 명예욕, 성욕도 욕망이다.

인간에게 욕망을 꺾을 수는 없다.

다만 제어시켜야 사람답게 살 수 있는 길이다.

욕망은 감성이다.

감성은 정서로 순화가 되고, 이성理性과 교류가 되어야 통제가 된다. 통제되지 않은 욕망은 스스로를 파멸시킨다.

사회가 건강하고 안정이 되면 욕망은 꼬리를 감춘다.

세상이 뒤숭숭하고 무질서하면 욕망은 미친 듯이 춤을 춘다.

마음을 다잡고, 더불어 살아야 한다는 가치의식이 없으면 세상은 말세다.

내 마음 나도 몰라가 아니다.

불같은 욕망을 잘 다스려야 삶이 편하다.

양극화 타령

양극화가 심각하다.

언제부터인가 '갑'과 '을'이라는 말이 세상에 퍼지고부터 일상화되었다. 칼자루를 쥔 쪽이 갑이면, 칼날을 잡은 쪽이 을이라는 뜻이다. 칼자루는 위협이고, 칼날은 위험이다. 갑과 을 관계는 사회 각계각층에 존재한다.

갑이 되면 세상 살기가 넉넉하다. 어디를 가든 극진한 대접을 받을 수도 있고, 부를 누릴 수도 있다. 그래서 사람들은 갑이 되기 위해서 피나는 경쟁과 투쟁에 목숨을 건다. 어떻게 해서든지 갑의 반열에 서야 한다는 자기최면술에 중독된다.

지금 세상은 갑과 을의 관계가 심각하다.

권력의 양극화

빈부의 양극화
학력의 양극화
지역의 양극화
노사의 양극화
정치의 양극화
결혼의 양극화
경제의 양극화
유통의 양극화……

따지고 보면 모두가 돈이 바탕에 깔려 있다. 모두가 돈 때문에 벌어진 사회 현상이다. 가진 자와 갖지 못한 자와의 대립이다.

문제는 한번 갑이 되면 생사를 걸고 갑의 자리를 지키려고 생명까지도 귀한 줄 모른다. 갑의 신분이 을이 되는 날에는 그날부터 모든 대우에서 사망선고나 다름없다.

한번 을이 되면 그 웅덩이에서 빠져 나오기가 정말 어렵고도 힘들다. 갑의 신분으로 딛고 올라갈 발판이 없다. 온몸에 악심惡心만 부풀어 오른다.

회전문 인사 반열에 서야 출세 가도를 보장받는다는 풍조
일 년에 수천만 원이 든다는 로스쿨 제도
수년 내에 사법시험 제도가 없어진다는 이야기

일 년에 수백만 원이 필요하다는 유아 교육 제도
인간 교육보다 입시와 취업 공부에 올인하는 교육 풍조
일류 대학을 나와야 사람 행세를 할 수 있다는 젊은이들의 의식
성과급이라 해서 윗선만 푸짐한 잔치
신분과 부를 내세워 짝을 찾아 주는 결혼 풍토
대형 자본을 내세워 자영업자들 문 닫게 하는 유통 구조

이 모두가 갑과 을의 극명한 현장이다.
갑과 을의 관계가 잘못 되었다는 것이 아니다. 극단적으로 치닫고 있다는 것이 염려스러울 뿐이다.

인맥보다 능력을 우선시하고, 환경이 열악해도 우수 인재가 성공할 수 있는 제도가 정착되어야 하고, 기계적인 인간보다 인간적인 사람이 우선시되는 사회 풍조가 넘쳐흘러야 한다.

성과는 독식보다 고루 나누어야 하고, 돈이 만능이라는 배금사상을 뿌리째 뽑아야 한다. 경쟁은 하되 투쟁은 없어야 한다. 단절보다 소통이 우선시되어야 살맛나는 세상이 된다.

선민의식은 접어버리고 존경받는 사람이 되도록 삶의 의식을 바꿔야 한다. 인간답게 잘 살아서 죽은 후에도 비난을 받지 않도록 스스로를 살펴보는 삶이 아름답다.

살기 위해서, 살다 보면, 어쩔 수 없이 갑도 되고 을도 될 수 있다. 어떤 경우에도 차별은 되어도 양극화는 되지 말아야 건강한 사회다.

얼마 전 지인이 당대에 명망이 있던 친구 장례식에 갔었는데 가슴에 와 닿은 감정 때문에 목이 메어 눈물을 흘렸단다.

살았을 때 꽤나 자존심을 세우고 자기 자랑만 했는데 화려한 장례식장 국화꽃 치장 속에 영정을 보고는, "사람이 아무리 잘나고 가진 것이 많다고 해도 죽고 나니 허무하더라"고 했다.

"살아 있을 때 잘 하자"고 덧붙였다.

천국과 지옥 타령

땅 위
땅 밑에도
천국은 있답니다.

땅 위 천국은
내가 만들 수 있고
땅 밑 천국은
죽어봐야 안다고 하네요.

적당한 돈
사는 재미
하는 일
즐겨하는 취미

반가운 친구 있으면
천국이랍니다.

보고 싶고
가슴 뛰는
그리운 사랑 있으면
천국이지요.

천국은 천국일 뿐입니다.

짝 잃은 부부
친구 없는 외톨이
건강 잃고
가진 돈 없어
사는 게 권태로우면
지옥이지요.

천국과 지옥은
내가 짓는답니다.

만남

우리네 삶은
사람과의 만남이다.

태어날 때부터
만남으로 이어진다.

부모
가족
친인척
이웃과도 만난다.

부부
친구

동료도 만남이다.

살면서
은인도
경쟁자도
적과도 만난다.

우연도
필연도
선택된 만남도 있다.

좋은 만남은
날개를 달아
하늘을 날고

어그러진 만남은
진흙탕에 빠져
허우적거린다.

웃음
울음도
만남에서

판을 가른다.

행복도, 불행도
만남에서
싹이 튼다.

세상은 요지경

식당이다.
밥 한 술 입안에 넣을 적마다
스마트폰 한 번 쳐다보고
얼굴이 히죽거린다.

목욕탕이다.
탕 안 알몸에 땀범벅인데
한 손 치켜들고
스마트폰에 눈동자가 꽂혔다.

피트니스장이다.
러닝머신에 몸을 맡기고
뒤뚱거리면서

한 손에 스마트폰 눈앞에 바짝 당긴다.

운동장이다.
조깅한다고 헐렁한 반바지에
씩씩 숨차 뛰면서도
스마트폰 앞으로 내밀고 눈을 떼지 못한다.

대로변이다.
길을 걸으면서
앞도 옆도 보지 않고
스마트폰에 정신이 꽂혔다.

지하철이다.
앉은 자리 모두가
스마트폰 창에 손가락이
잘도 춤을 춘다.

응접실이다.
오랜만에 만난 정담이
방 안에 가득한데
주인은 연신 스마트폰에 눈을 맞춘다.

달리는 자동차 안이다.
한 손으로 운전대
한 손에는 스마트폰
앞 보랴 폰 보랴 눈동자가 바쁘다.

버스 안이다.
노약자석에 앉은 젊은이들
임신부가 옆에서 비틀거려도
스마트폰에다 이어폰까지
아예 관심 밖이다.

스마트폰 천지에
서점, 전자상가, 시계점, 음반 가게, 공연장이
거덜이 났단다.

스마트폰에
가족, 친구, 이웃이 남남이 된 세상.

초청장, 청첩장, 부고가
카카오톡에다 '삐리리'
괘씸죄만 챙기는 세상.

가관이로다.
세상이 바뀌었다.
시대가 변했다.
빠르고, 편하면 그게 제일이지.

인정사정 다 밀치고
앞도 옆도 막아버리고
나 홀로 잘난 세상.
비켜라, 독불장군 나가신다.

세상은 요지경
사람은 스마트폰에 푹 빠져
인간이 안 보인다.

다음은 어떤 세상일까.

인생 늦가을

가끔 밥상머리에서 우리 부부는 정담이 오간다.

오늘 아침에도 그랬다.

60년을 넘게 만나 같이 살아오면서 익숙하게 부르는 호칭이 있다. 젊었을 적부터 이마를 까고 머리를 뒤로 바짝 넘겨 붙여 얼굴 모양새가 마치 도토리 같아서, 경상도 사투리로 '꿀밤'이라는 애칭으로 부른 것이 지금까지 입에 익어 스스럼없이 "꿀밤, 이제 나도 다 됐나봐."

"왜?"

"기력이 떨어지고, 몸에 이상 증세가 느껴져."

"무슨 말씀, 내가 살아 있는 한 어림도 없는 소리, 내가 곁에 있는 한 아플 수가 없어요. 아프도록 그냥 놔두지 않는다고요. 내가 무면허 의사니까 걱정 마요." 하고 진담 반, 농담 반이다.

"아니야, 매일 자고 나서 스트레칭을 하면서 내 몸을 체크하는데 전 같지가 않아서 그래."

"요즘 산맥 등산을 하면서 체력 소모를 많이 해서 그런 거지 뭐. 남들은 그 나이에 산 탄다고 하면 미쳤다 그래."

"그렇지, 그러지 않아도 내 주변에서 말리는 사람이 많아. 너무 무리하지 말라고 신신당부를 하지."

"이제 적당히 하시지. 그러다 무슨 일이 생기면 모두가 '그럴 줄 알았다. 지가 무슨 장사라고' 하며 비아냥거릴 거 아니야."

"맞아, 그런데 내 성질이 한번 목표를 정하면 끝을 봐야 하니 그게 탈이야. 물론 조심을 하고 주의를 해야 하지만, 위험하다고, 무슨 일이 생길지도 모른다고 포기를 하거나 물러서면 아무것도 아니지 않아. 사는 재미도 없고. 해 보고 안 되겠다 싶으면 그때 그만두어도 후회는 없거든."

"성질하고는, 누가 말려. 열정이 있는 한 아직도 싱싱하다는 이야기이고, 할 수 있다는 가능성이 있으니 힘! 힘!" 하고 밥을 먹다 말고, 하이파이브를 하면서,

"잘 살고 있는 거예요."

"힘내세요."

"열정이 있는 한 마음껏 즐기세요."

"조심은 하고요."

"사랑합니다." 한다.

요즘 나는 '느슨한 삶에 기름을 부어라'라고 스스로 최면을 건다.

인생이 꺼져가는 불에, 참기름을 부으면 고소한 맛이 안겨 올 터이고, 휘발유를 부으면 활활 타오르는 불꽃이 되리라.

나이가 들면서 몸과 마음이 내리막으로 미끄러지는 것은 누구도 막을 수 없는 자연의 순리다. 그대로 따라가는 것도 한 방법이지만, 가꾸고 다듬기에 따라서는 삶을 더 윤택하고 보람 있게 할 수도 있다.

지금쯤은 좋아하는 삶의 씨앗을 새로 심고 결실을 기다리기에는 늦을 수도 있다. 그렇다고 삶을 포기할 수는 없다.

결실보다는 과정을 충실하게 챙겨야 할 남은 세월이다.

사라진 것들

세월이 흐르면서 우리 주변에 사라지는 것이 많아졌다. 사라져야 할 것이 없어지면 진화인데 있어야 할 것이 사라지면 퇴화이다.

체면과 염치가 없어지고, 예의와 겸손이 사라졌다.

한때 '사람이면 다 사람이냐 사람다워야 사람이지' 하는 유행어가 있었다. 인간다운 언행이 사람의 됨됨이를 평하는 기준이었다.

사람이 살아가는 데는 태어나면서부터 관계를 맺고 관계 속에서 살아간다. 철이 들면서, 보면서, 들으면서 성장을 한다. 어릴 적에는 '보고 배운 게 없다'는 말이 가장 수치스러운 수모였다. '언제 철이 들래' 하는 말도 따지고 보면 사람대접 받기 틀렸다는 반어 표현이다.

요즘에 살면서 옛날이야기를 하면 모두들 싫어한다. 시대가 어느 때인데 고리타분한 넋두리냐고 핀잔받기 일쑤다. 사람을 만나고 대하려면 내 모습이 단정해야 한다.

내가 상대에게 어떻게 보이느냐에 따라 예우가 달라진다. 옛날에 나들이를 하려면 '의관을 정제하고'라는 말이 있었다. 요즘 말로 새기면 외모를 단정히 한다는 뜻이다. 사람의 인품은 첫인상에서 자리매김이 된다. 값지고 좋은 옷을 입어야 된다는 뜻보다는 깔끔하고 단정한 몸가짐을 해야 사람 향기가 난다는 의미가 담겨 있다.

볼일이 있어 길거리에 나서면 하나같이 개성이 톡톡 튀는 천태만상의 모습이다. 머리며, 옷이며, 화장이며, 신발이며, 가방이며 길거리 패션 천국이다.

다른 사람은 아랑곳없이 '내 좋으면 그만이지' 하는 자신감이 똘똘 뭉쳤다. 얼굴 마주치기가 민망하고 쑥스러울 때가 더러 있다. 사람 향기는 사라지고 패션 냄새만 온 거리에 가득하다.

아무러면 어때 하는 모습은 나를 스스로 가볍게 보이는 몸가짐이다. 멋이나 유행도 좋지만 사람은 품격이 있어야 한다.

사람이 만나면 인사성도 밝아야 한다.

만나면 반갑고, 배려와 양보가 있어야 아름답다.

옛날에는 인사 예절로 그 사람의 됨됨이를 알 수 있었다. 인사 잘하는 사람은 인품이 돋보였다. 인사성이 밝은 사람은 겸손이 몸에 배어 어디서나 어울림의 중심에 있었다.

요즘은 옆집에 살면서도 아는 척도 하지 않는다. 속내를 보이고 싶지도 않고 번거롭고 귀찮다는 식이다. 시멘트 문화에 가려 인정이 사라진 탓이리라.

아무리 세상이 변해도 기본적인 인성은 갖추어야 사람 향기가 나는 법이다. 어울려 사는 세상에서 정서와 인정이 사라지면 사람의 탈을 쓴 기계나 다름이 없다.

앞으로 20년이 지나면 기계가 사람을 대신하는 시대가 온다고 과학자들은 예측하고 있다. 그렇다고 해도 기계가 사람을 대신할 수 있을지는 몰라도, 사람이 기계를 대신할 수는 없는 것이다.

사람과 사람과의 관계는 만남에서 시작되고, 인사가 첫 관문이다. 체면과 염치, 예의와 겸손이 묻어나는 인사가 좋은 관계 유지의 윤활유다. 인사는 인간의 내면적 향기이며, 사람으로서 갖추어야 할 기본적인 덕목이다.

세상이 아무리 변한다 해도 사라진 인품과 예절 문화를 다시 찾아야만 사람 사는 세상이 될 터이다.

세상살이 <1>

· 돈으로 살수 없는 것이 있다.

아름다운 사랑

단란한 가정

진정한 우정

편안한 시간……

그런데 세상은 변했다.

돈으로 살 수 없는 것들이 돈으로 계산된다.

· 사람은

인품에 향기가 나야 한다.

바탕도 아름다워야 한다.

밝은 생각

바른 행동

좋은 습관이
사람다운 사람이다.

· 인생시계를 그려 본다.
얼마 남지 않았구나.
주변을 챙겨보고
정리할 것은 정리하고
속 끓이지 말자.

· 자연에서 겨울은 봄을 기다리는 휴식인데
인생에서 겨울은 더없이 쓸쓸한 계절.
심신이 여려지는 건 어쩔 수 없지.

· 조물주가 인간에게
비교 감정을 준 것은 참 잘한 것 같다.
행복과 불행
기쁨과 슬픔
웃음과 울음
사랑과 미움……
그런데 사람들은 한쪽만 본다.
양면을 다 볼 수 있어야 건강한 삶을 살 수 있다.

· 눈이 내린다.
온 천지가 하얗다.
폭설에 만물이 묻히니
적막강산이다.
사람 몸에도 눈이 내린다.

· 눈에서 멀어지면
마음에서도 멀어지고
몸에서 멀어지면
마음에서도 멀어진다.
좋은 사이는
자주 만나고
부딪쳐야 정이 쌓인다.

· 짐승도 자기에게 잘해 주는 사람을 따른다.
사람도 짐승이다.

· 거래가 깔려 있는 인간관계
이득이 없으면
쳐다보지도 않고
돌아서 버린다.
요즘 세상이다.

· 노년 복은
무병 자연사가 좋은데
거의 모두가 몹쓸 병에 골골
울고 왔다 웃으면서 떠나게나 하지.

· 세월이 흐른다.
스쳐간 사람들 추억은 있는데
영상만 있고, 심상은 없구나.
모두가 그립다.

· 잠을 설치면 책 읽기가 그만인데
읽을 때는 감동이고, 덮으면 백지다.
순간이 즐거우면 그것으로 족하다.

· 배고프면 먹이가 전부다.
먹이라면 명분도, 체면도 없다.
생존법칙만 있다.

· 나이 드니 중구난방이다.
체면 염치 어디가고
모두가 맥 빠진 넋두리다.

· 살면서
힘이 들어도
건강 잃어도
재미없어도
좋은 만남 없어도
슬퍼진다.

· 요즘 세상
돈질 잘 해야
사람대접 받는다.
돈 없으면
가만히 엎드려 있어야 한다.
그런다고, 남의 돈 탐내면 작살난다.

· 동물은 삶이 단순하다.
자연에 맡기면서 본능으로 해결한다.
삶도 죽음도 운명으로 받아들인다.
인간은 삶이 복잡하다.
지능, 의식, 욕망에다 선과 악을 주었다.
반항과 투쟁도 덤이다.
운명을 거부하고, 죽음마저도 거부한다.

· 개가 호랑이 꼬리를 물고 장난을 친다.
우리에 갇힌 동물원의 진풍경이다
우리 밖에서도 개 같은 사람이 있다.
인성과 교육이
생각과 행동이
우리에 갇힌 동물이 되었다.

· 먼 길 갈 때는
한 번씩 쉬어 주면 지루함도 덜하고, 체력도 조절된다.
먼 인생길도 한 번씩 쉬어 가면
생기도, 의욕도, 새로워진다.

· 인생
울고 웃다 가는 거.
일하다 놀다 가는 거.
덤벙대지 말고, 여유 있게 가다 보면 후회는 없다.

· 살면서
신념에 목표를 정하고
창의에 추진력을 더하고
혼까지 불어넣으면
성공은 환하게 웃으며 찾아온다.

세상살이 <2>

· 극과 극은 바로 곁에 있다.

대박이 터지면 쪽박이 심술을 부린다.

쾌락이 춤추면 나락이 망을 본다.

행운이 찾아오면 불운이 붙어온다.

웃다가 우는 것이 남 이야기가 아니다.

· 어떻게 살까.

어떤 유혹에도 굴하지 않는 삶

신의와 예절이 반듯한 삶

가진 것에 감사하고 분수에 맞는 삶

부지런하고 근검절약하는 삶

상대를 존중하고 시기하지 않는 삶

사리에 합당하고 탐욕을 멀리하는 삶
매사에 성실하고 남의 탓 하지 않는 삶
인정을 베풀고 남을 도와주는 삶……
알면서도, 그러지 못하는 안타까움이 안쓰럽다.

· 한편은, 한없이 노출에 충실하고
한쪽은, 그 노출에 본능을 억제한다.
둘 다 마주하는 욕망인데
갈라서라 하니
충돌은 곳곳에서 야단이다.
오늘을 사는 우리네 현실이다.

· 바보 생각
웃으면서 살까, 울면서 살까.
행복하게 살까, 불행하게 살까.
건강하게 살까, 병들어 살까.
정직하게 살까, 비겁하게 살까.
부자로 살까, 가난하게 살까.
즐겁게 살까, 짜증나게 살까.
선택은, 나 하기에 달려 있다.

· 죽음도 품격이 있다.
이왕이면 오명을 남기지는 말아야지.

· 장례식장
슬픈 이별의 시간인데도
상주 신분에 따라
망자는 뒷전이고
산 사람의 잔치판이다.

· 폭력이 난무하는 세상
극단으로 치닫는 세상.
언제쯤 좋은 세상 되려나.

· 미움, 분노, 원망
앙심, 오해, 탐욕, 집착
이 모두가 나를 가두고
나를 죽인다.

· 한평생은 사람을 만나면서 살아간다.
살다 보면, 별의별 사람 다 만난다.
어떤 사람을 만나느냐에 따라

삶은 확연하게 달라진다.
좋은 사람, 가까이하고 싶은 사람 만나면
삶이 더없이 윤택해지고
멀리하고 싶은 사람, 만나기 싫은 사람 만나면
삶은 한없이 고달파진다.

· 부부, 연인, 친구만큼 더 좋은 인연은 없다.
중요한 것은 둘 사이의 수준이 비슷해야 최상이다.
성장과정, 가정환경, 성격, 지적수준, 생활여건, 삶의 방식, 세상을 보는 눈이 수평이 되면 관계는 금상첨화다.
호수가 잔잔한 것은 수평이 같기 때문이다. 조금이라도 기울어지면 낮은 쪽으로 흐른다. 심하게 차이가 나면 콸콸 흐르고, 아주 심하면 폭포가 된다. 그만큼 충격이 커진다.
좋은 인연에 수평이 기울면 호수는 폭포가 되고, 한쪽이 피곤하고 지친다.
대립과 갈등이 악연으로 돌변한다.
인연은 수준이 수평에 가까울수록 즐거움이 더해진다.

· 영어로, give and take
우리말로, 상부상조相扶相助
살아가는데 균형이고 질서다.
인간관계를 연결 짓는 끈이다.

어쩌다 일방적이면
관계는 긴장이고, 단절이다.
세상의 인심이다.
잘 챙겨야 한다.

· 향기 나는 꽃은 만인의 관심이고
시든 꽃은 누구도 무관심이다.
사람도 꽃이다.
세상의 인심인데
가는 세월 애달픈들 어이하리.

· 멀리하고, 만나고 싶지 않은 사람들
사사건건 귀찮게 하는 사람
정신적, 물질적 부담을 주는 사람
말과 행동을 함부로 하는 사람
앞뒤 가리지 못하고 천방지축인 사람
이해관계에 집착하는 사람
도움이 되는 척하면서 병 주고 약 주는 사람
속내를 숨기고 내숭을 떠는 음흉한 사람
약속을 헌신짝 던지듯 신용이 없는 사람
임기응변에 능숙하고 신뢰가 가지 않는 사람
겉으로 그럴듯하지만 진정성이 없는 사람

마음은 다른데 두고 헛웃음 치는 사람
넉넉하면서도 지독히 인색한 사람
이래도 좋고 저래도 좋다는 종잡을 수 없는 사람
속과 겉이 다른 사람……
만남이 즐거운 사람이 되려면
만나고 싶지 않는 사람이 되지 않는 것이다.

· 죽음을 피할 수는 없다.
죽는 방법만 있을 뿐이다.
자연사, 병사, 사고사……
선택권도 없다.
그저 팔자소관에 맡길 수밖에 없다.

· 남이 잘되면 배 아파하고
남이 도전하면
그걸 왜 해
할 일 없으면 낮잠이나 자지.
남이 성공하면
별난 사람 다 보겠네
참 대단하구먼.
남이 실패하면
미친놈

그럴 줄 알았어.
동냥은 못 줄망정
쪽박은 왜 깨나.

· 마음에 허기가 질 때
마음이 허전할 때
마음에 양식이 필요할 때
마음에 갈증을 느낄 때
책을 읽으면
이 모두가 채워진다.
책 속에 길이 있다.
사람이 책을 만들고
책이 사람을 만든다고 한다.

· 힘센 사람
잘난 사람
간 큰 사람
미친 사람들이 판치는 세상
그냥 구경만 하고 살라니
참 재미있는 세상이다.

세상살이 <3>

· 건강은 건강할 때 챙겨야 하는데
발등에 불이 떨어져야 허겁지겁한다.

· 혈기血氣와 심기心氣가 막히면
병이 찾아온다.
심신의 조화와 균형이 병을 막아준다.
마음을 편안하게 가지고, 잡념을 버려야 한다.
마음이 안정되면 기가 흐르고
기가 통하면 피가 흐른다.
심기와 혈기가 통하면 만병이 도망간다.

· 살면서 가장 한심한 순간들

우왕좌왕
갈팡질팡
우유부단
미적미적
아옹다옹
사생결단
아전인수……

· 느낌이 좋으면 삶이 즐겁다.
사랑
우정
건강
만남
느낌이 좋으려면
욕심을 비우고, 마음의 문을 활짝 열고
기쁨으로 담아 들여야 한다.

· 이해, 용서, 배려, 선심, 관용이
나를 살리는 최고의 명약이다.

· 미워도, 싫어도
평생 나와 함께할 사람은

나뿐이다.
내가 나를 사랑해야 다른 사람을 사랑할 수 있다.

· 이 세상 떠나기 전에
꼭 만나고 싶은 사람
꼭 하고 싶은 일
꼭 가보고 싶은 곳
꼭 하고 싶은 말
한번 챙겨 보면 삶은 한층 더 진지해 진다.

· 세상에서 가장 믿을 수 없는 말
"사랑한다"
"영원히"
"오로지"
"당신만"

· 삶은
설렘, 기다림, 그리움, 떨림이 있어야
진한 맛을 더한다.

· 잘 사는 비결은
만사를 긍정적으로 받아들이고

상대방 입장을 이해하고
하는 일에 최선을 다하고
그래서
얻어지는 결과를 편안하게 받아들이면 된다.
어떤 것에도 매달리거나 얽매이면
삶은 지옥이다.

· 멋진 사람이 되려면
먼저 상대를 의식하고
배려하는 마음과 행동이 있어야 한다.

· 부부 사이, 연인 사이, 친구 사이
한 번 실수하면 유리처럼 금이 가고 옹기처럼 깨진다.
한 번 상처가 나면
다시 붙여도 흔적이 남는다.
소중할 때 소중함을 알아야 하는데
우리는 꼭 실수를 하고 후회를 한다.

· 자주 보고, 즐거움을 함께하고
서로를 위해주면 좋은 만남이다.

· '왜?'와 '아하!'는

세상만사의 원인과 결과이다.
이성과 감성의 조화이다.
원인 없는 결과는 없다.
문제를 던져야 해답을 찾는다.
결과가 나쁘면 원인을 챙겨야 한다.
질 좋은 삶의 원동력이다.

· 세상은 나를 위해 있는 것이 아니다.

내가 세상에 적응하며 살아야 한다.
세상의 어떤 것도 누구의 탓이 아니다.
바로 내 탓이다.
좋은 생각이 나를 살리고
나쁜 생각이 나를 죽인다.

· 인생 길

굽이굽이 걸어야 하는 험난한 길
한때, 얻었다고 좋아하지 말고
한때, 잃었다고 허둥대지 말자.
사는 동안 순간순간
오기도 하고, 가기도 한다.

· 한평생 사는 동안
뭐니 뭐니 해도
건강, 돈, 즐거움이
보통 사람들의 소망이다.

· 살면서 가장 멀리해야 할 것들
불평, 불만, 불안, 불찰
부정, 부패, 부당, 부덕이
나를 망치고, 남도 망친다.

· 무위도식無爲徒食
무위무능無爲無能, 무위무책無爲無策한 사람에게
"왜 사느냐"고 물었다.
"살아 있으니까 산다"고 했다.
"왜 살지" 했더니
"살기 위해서 산다"고 한다.
"왜 사는데" 하니
죽지 못해서 산단다.
"어떻게 살 건데" 했더니
"죽을 때까지 산다"고 했다.
현문우답賢問愚答인지
우문현답愚問賢答인지

우문우답愚問愚答인지
현문현답賢問賢答인지
도무지 종잡을 수가 없다.
왜 살지?
나한테도 물어본다.

· 일상에 쫓기고, 바쁜 사람에게
"왜 사느냐"고 물었다.
"먹고살기 위해서 살지" 했다.
"왜 사는데" 하니
"부귀영화富貴榮華를 위해서 산다"고 했다.
"왜 사느냐"고 했더니
"입신출세立身出世를 위해서 살지"라고 했다.
"왜 사냐"는데
"인류에 공헌하기 위해서"란다.
제대로만 산다면, 모두가 정답이다.

· 열 번 잘해 주다, 어쩌다 한 번 빠지면
한 번 실수에 모두들 허전해 한다.
못난 사람들의 마음이다.
인심 얻자고 애쓰지 말고
그냥 형편대로 사는 것이다.